曾經的美麗

廖玉蕙‖文
蔡全茂‖畫

序

記載一起見識過的美麗

結婚多年，一直過著平靜淺淡的日子。雖然不是毫無波折，公教人員的生活倒也沒有太大的起伏。習慣了天濛濛亮時，在溫暖的被窩裡目送外子提著公事包上班、在天色昏暗之際迎接他疲累的歸來。然而，約莫三年前，接近知天命之年的外子，在從事最尖端科技研發工作二十餘年後，忽然感受生命巨大的荒蕪。他告訴我，心裡的深處似乎有個極大的空洞等待著被填補，而這樣的空虛填補竟是他研究及從事的行業所無能為力的。於是，焦慮撲天蓋地而來，一向溫文安靜的他，似乎被什麼奇怪的念頭鼓動得蠢蠢不安。

一直對繪畫有著強烈愛好，只因現實環境的拘執，一頭栽進科技的領域，彩繪人生的夢想，只停留在國小美術比賽冠軍的記憶中。然而，在人文薈萃的台北，畫廊林立、畫展處處，流連觀賞的欣羨，終於重新勾動了他最初的想望。他於是了然虛空的來源是初始願望的落空，在四十九歲那年，經過朋友林耀堂、阮愛惠夫婦的引介，他開始羞澀地拿起畫筆和一群業餘畫者一起在室內素描、到室外寫生。我明顯看到他的轉變，充盈的歡喜取代了惶惶的焦躁！雖然，受制於傳統觀念，他對提早退休圓夢的念頭，猶然萬分躊躇，孩子和我卻以行動傾力支持——爲造成事實，我們在家裡附近買了一間小小的工作室作爲他五十歲的生日禮物，鼓勵他向夢想靠近。

在眾人驚訝的眼光中，他毅然從還算高薪的職位退下，幾乎每天揹著畫具到各處寫生。只要有空，我也會帶著學生的作業或筆記型電腦和他一起上山下海。他凝神作畫，我則在一旁批改作文，或在山巔海隅給遠在國外的女兒打信。有時像郊遊一樣，帶著保溫便當，餓了，便在山上找一處涼亭，迎著涼風吃起便當。

說實在的，一向疏懶的我，對他那般專注的投入，眞是感到由衷的佩服！這其間，一群至交的畫友對他的影響及鼓舞堪稱深遠，尤其是雷驤先生無日不畫、無處不畫的精神，給了他很大的啓發。因此，即使上街購物、看病、吃飯，外子的口袋中都隨時放了一本小簿子，在等待的時刻，便取出簿子，將目光所及的景致通通納入筆下。中副的林黛嫚主編因爲幾回和我們同行，竟提出夫妻二人合開專欄的邀請——外子畫圖，我寫散文，兩人各用不同的形式譜寫心情、閱歷。於是，〈雙人塗寫〉專欄就在去夏展開；接著，吳鈞堯先生也從今年元月份起，在他主編的幼獅文藝上爲我們開闢了〈二手塗鴉〉專欄。這本書也就是奠立在這樣的基礎下，再加上先後於自由時報副刊及台灣日報副刊發表的專欄文字，其中所記載的是一段段我們曾經一起見識過的美麗，包括心情和景致。

夫妻的合作，其實是有幾分弔詭的。我們從其中充分感受到人性的奇崛。經常，兩人一同出門，外子畫了些覺得甚爲滿意的圖，我卻完全沒有書寫的意願；倒是他若干隨意之作，我往往興致勃勃地動手寫了起來。有時，勉強自己去投其所好，卻總是無法終篇，只好頹然放棄。因此，題材的揀選，充滿了變數。然而，有時，我先寫了文章，請他就記憶所及補圖，他總是能欣然從事。這樣迥異的反應是否正見證這段婚姻當中，屬於我的任性和屬於他的隨和呢？我不禁要深深反省了！

廖玉蕙 寫於二〇〇一年二二八夜

目錄

輯一 曾經的美麗

輯二　人生的四季

輯三 自娛娛人

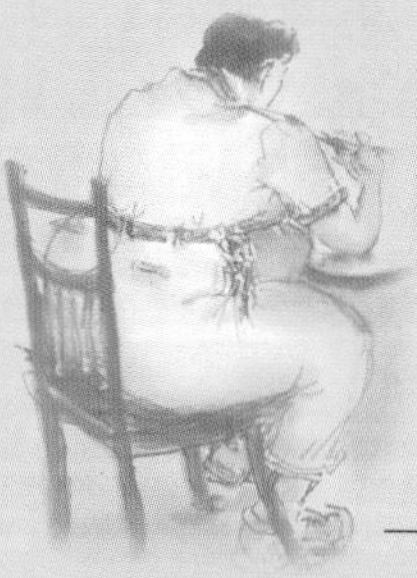

輯四

依依不捨

輯一

曾經的美麗

孤立的菸樓

白雲悠悠，山巒起伏。

幾次從田間的產業道路經過，眼光總不自覺地投注在這幢看起來有些童趣的小樓。綠油油的稻田邊兒，黑瓦白牆醒目地矗立著。周邊閒閒的幾株樹木，彷彿至死不渝的老友般，以四季不同的容顏忠實地隨侍在側。

樓房的造型簡淨素樸，每回經過，總想像裡頭可能充滿明亮的陽光！像歐洲小鎮上的小樓，樓裡洋溢著咯咯的笑聲，隨時還可能衝出來成群追逐的孩童！而許多的故事正在其間發生。可惜，多次經過，總見它一逕孤立著，似乎從未發現過人跡。

一回，好奇地踩過泥濘的小徑趨近細看，才發現白牆上斑駁的龜裂盡是歲月的痕跡！緊掩的門扉像拒人於千里的孤僻老者，露出倨傲的龍鍾老態！從一扇破舊的木窗往裡窺伺，知曉原來是一幢廢棄的菸樓。陽光透過窗櫺的細縫，氣息微弱地遊走在空洞且蛛網糾結的屋內。各式各樣的農具隨意堆疊著，旁邊還散置著一包包看似肥料或稻穀的東西，整幢菸樓顯得死氣沈沈！先前浪漫的玄想因之碎紛紛！

——原載二000・九・一《中央日報副刊》

曾經的美麗

連幢的矮舍，矗立在杳無人跡的郊野。密密的窗櫺內是一片詭異的漆黑。彷彿是被遺棄多年的農舍，安靜地訴說著它曾經的美麗。乍一經眼，我不禁讚嘆它所透露出的簡淨、古樸，和一旁雜亂地堆積著模板、看似營造廠的房舍相較，它的低矮整齊，展現了另一

種的端凝風姿！

由半是紅瓦、半是石綿瓦的屋頂推測，它一定有著長長的歷史。隔著一條河，漆黑的窗口，像緊閉著的嘴，一點也不肯透露屬於它的祕密。我們在河的這岸，來回逡巡，怎麼也探不出究竟。回到家之後，我向朋友天花亂墜地描述這曾經的美麗，並猜測應有許多的故事在其中發生。朋友笑笑地回說：

「你們作家眞會瞎掰！這分明是個廢棄的豬圈，哪會有什麼故事！」

我悵然若有所失！卻仍齜牙咧嘴強辯道：

「好！就算是豬吧！難道就不能有屬於牠們的愛恨怨嗔！」

——原載二〇〇〇・十・十四《中央日報副刊》

夜訪勝興

穿過夜色，我們到達勝興火車站。

這個已成歷史的車站，聽說是縱貫鐵路的最高點。火車電氣化後，它已失去呑吐旅客的權力！卻由於懷舊或其他的什麼因素，猶自點著燈火，掛著招牌，陳設不改地矗立在安靜的小鎭上，成爲新興的觀光景點。

月台上，有一隊人馬，正或站或坐地吃著熱騰騰的火鍋！七月天，沒命的火熱！我們乍見此一光景，便亡命似地匆匆自繞繚的滾燙油煙中脫逃！彎曲的街道，偶爾綻放點點的燈光！許是入夜了，除了我們及那組正吃著熱食的人馬外，並不見其他人跡。沿著斜坡走，驀地聽見愉悅的小調從高掛大紅燈籠的人家流出。往裡頭探首，七、八個人正圍著圓桌吃飯，流露出傳統農村歡喜過節的況味兒！仔細端詳，木造

茅草屋邊兒的白板上，醒目地提醒著媒體的大力推薦，原來是當地一家知名的餐館！據其後走出來的白髮老闆說，他們即將於十月進軍台北大葉高島屋的地下街，和台北人的廚藝一較高下。

在兩幢高聳的樓房夾擊下的「勝興客棧」顯得風味別具！在蜿蜒的夜色裡，乍疑還夢的怔忡之感油然興起。大紅燈籠幾乎讓人錯以爲重新回到了素樸的三〇年代！

——原載二〇〇〇・九・八《中央日報副刊》

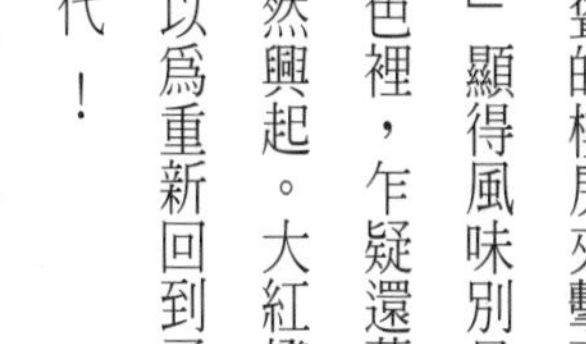

垂柳掩映的柳川邊兒

爲了回家鄉爲一位長輩祝壽，特別開車南下。下了高速公路，我們逡巡在台中的市區，想尋找一家咖啡館歇歇腳，除了解決午餐外，也期待一杯咖啡來提振因早起而顯得疲累的精神。

台中的變化，堪稱一日千里，每次回去，總覺陌生。車子繞呀繞地，忽然瞥見巷口的店招：「近水樓台」，外子和我二人不假思索且不約而同地說：

「好一個『近水樓台』！就是這

兒好了！」

是一間有著兩大面晶亮落地窗的咖啡店，兼賣商業午餐。二層樓的建築，有著質地不錯的暗色地板，寬敞簡淨。小小的院落間，是一座假的山水，一些竹子疏疏落落地一旁立著；極目望去，安靜的街道上，除了一位垂頭行走的年輕人外，只有楊柳掩映的柳川邊兒，彎腰的翠綠一路延伸過去，彷彿沒有盡頭。

驀然想起多年前的初秋，也是一樣的翠綠環繞。每隔幾日，我便踽踽行經黃昏的川邊，到一家知名的英文補習班去爲我那慘不忍睹的成績作困獸之鬥！心情慘怛，無以復加。

而今，垂柳依舊，人事已非！

「這位年輕的男子該不會也正爲他的英文苦惱著吧！」

我轉過頭，笑著朝外子說。外子不置一詞，微笑著握筆將柳川邊兒的垂柳連同那位男子一起收進畫簿裡。

初訪三空泉

車子在彎彎曲曲的山路上行走，心情感覺格外的輕鬆。剛剛結束一場爲時三個鐘頭的演講，乾澀的喉頭急需沈默來滋潤，而紛亂的思緒則亟望大自然的綠意來撫平。外子體貼地沈默著，逕

自手握方向盤，向叢林間奔去。演講的地方位於淡水的山上，介於荒涼和熱鬧的市區間。每回前去，常常還來不及收拾和壅塞車陣拚鬥的銳利，旋即被撲面而來的盎然綠意所撼動！

至同一地點演講已不下十次，之所以不厭其煩地再三奔赴，其實有著極其私密的緣由。除了機關負責人是外子的高中同學之外，也和該地有著豐富的寫生資材而使得外子因之樂意充當司機有大關連。車況似乎還不錯，雖然爬坡，依舊顯示流暢的速度。到了某個高度，忽然，右側一排古厝映入

眼簾。外子眼睛爲之一亮，隨即將車子一轉，一路沿著產業道路直下。屋子靜靜地矗立著，電線桿在屋前交錯挺立，應該是有人居住著的，卻靜悄悄地，杳無人跡，連狗吠聲亦無。

我們一直往下走，屋子沒有了，車子被群樹包圍。驀地！在荒煙蔓草中出現了這座空有屋頂及骨架的小屋。在陽光下，沒有牆面的屋裡被映襯地越發漆黑。正想趨前一探究竟，遠遠來了一位戴著斗笠的村婦，和善地和我們打著招呼。她殷勤地和我們攀談，介紹當地名爲「三空泉」，盛產山藥。看到外子手裡拿著畫本，她即刻驕傲地補充：

「我們這兒常有畫家在這兒出入，從這裡可以看到淡水，極水哦！有極迷人的夕陽！」

她興致盎然地指著遠處的三合院，說那兒是她出生的地方，再過去，隆起高處一幢新建的二層樓房則是她目前的居住地。不多久，我們對她的家世、背景已然有了相當的認識

。接著，她用極誠懇的語氣邀約：

「沒多遠！來給阮奉茶啦。阮叨附近的風景也不壞哪！」

天色已逐漸轉暗，缺少了光線，再好的風景亦難展現它美麗的風華。因此，我們只好微笑地領受她的好意，並訂下了下次拜訪的諾言。車子徐徐往回走，揹著袋子的村婦於是逐漸走出車子的後視鏡！

——原載二000．十二．八《中央日報副刊》

海河交會的美麗

知道我們到處獵取美景的朋友，每每在看到好景致時，便會殷勤地通風報信。這幾艘停泊在岸上的船隻，便是一位好友的發現。他說：

「在我們住的八里附近海邊，有幾艘漁船，看起來很值得入畫。你們不妨去看看！」

朋友的盛情總是讓

我們感動，加上「八里」諧音「巴黎」，光是聽起來就覺得有許多旖旎的想像空間。於是，不多久，我們便循線驅車前往。

是河和海交會的地方。雖然不是假日，卻仍有零零星星的遊客陸續前來。有的一見到水，便歡呼著脫下鞋襪奔進水中，有的矜持地在岸上選擇角度拍照，另有一對情侶始終沒有走出車外，一逕在另一隅深情款款地親嘴聊天。理應在水中悠遊的船隻，何以被拖拉至沙灘上？由斑駁的藍紅相間的船身透露出屬於它們的年齡的秘密。**是因歲修而暫停出海？抑或是屆齡退休？**我們隨意地猜測著。

一個月後，我們興匆匆引領著幾位北上遊玩的親戚再度造訪，卻發現已經「船」去「灘」空！

——原載二〇〇一．二《幼獅文藝》

安靜的午後

車子在鄉間的道路上穿行，天氣非常晴朗。偷得浮生半日閒，我們開著車，不爲什麼地胡亂閒逛。每次回台中，不是直奔演講場所，就是一頭栽進老家和親友敘舊，從來不曾好好端詳過這個出生及成長的鄉土。

一月天，馬上緊接著就要過年了！鄉間卻似乎尚未有任何年節的氣氛。黃橙橙的油菜花怒放著，彷彿打算跟誰競豔一般。後方，一幢黑頂白牆屋宇乍現，在黃綠相間的景色中，格外引人注目。

我們下車在大片的油菜花前停駐，外子急忙取出畫本，站到對面業已收割完畢的稻田中描摹這一片橙黃，爲油菜花曾經的美麗留下見證。典型的中部農村景觀——三合院的房子、矗立的檳榔樹、遠方的山巒和藍藍的天空，一派舒徐悠

遠的情調。我走進三合院裡，向女主人討杯水喝。不料竟因此引來小孩的圍觀，對著外子尚未完成的畫作，頻呼：「哇！好像！」這時，一位男子騎著腳踏車徐徐走近了院落，也走進了外子的畫本中。

——原載二〇〇〇．八．二十五《中央日報副刊》

聯想

每日，我驅車前往任教的學校，總會經過一條偏僻的小徑。無論早上或黃昏，手握方向盤的我，似乎經常是漫不經心。在一個朦朧的清晨，路段的正中央忽然出現一個四肢開展的仰躺人形，無法細辨是用粉筆或白漆所勾勒出。當我自不甚清醒的遐思中回轉，驀地發現車子正往人形的頭部開去。

緊急煞車過後，我面臨尷尬的處境。就大剌剌地將他碾過？抑或冒著輪胎可能跌落一旁水溝的危險以閃過人體？在停駐的車內，我舉棋不定。雖說只是畫出的人體，卻是頭部、四肢、軀幹俱全的傢伙，沒事兒似地

躺在那兒觀賞天上的白雲。「輪胎無情的壓碾或者會使他發出痛苦的呻吟吧！」我如是揣測著，因之遲遲未敢開動。

偏僻的小徑上，原本來往的車輛就極稀少。清晨時刻，我前後左右張望，竟似杳無人跡。只有輕輕鬆鬆仰躺的他和猶猶豫豫呆坐的我對峙著。半晌過後，我譏笑自己的無稽，踩動油門直行通過。我彷彿聽到「嗯」一聲壓抑的呼痛。心虛地再度停下車，往後車窗望去，他的頭、臉、身軀和四肢竟然都眞的扁平了些。不知是否錯覺，他的臉頰邊兒似乎還帶著淚哪！

從那天之後，我再也不抄小徑，表面上是奉行澹臺滅明「行不由徑」的美好德行，實際上是怕看清楚那人頰上的垂淚。

——原載一九九九・十・二十《自由時報副刊》

彎彎曲曲的人情

無意中，闖進了這一片幾近荒涼的社區。

狹長的窄巷裡，破舊的建築沿著陡斜的地勢一路迆邐上去。白、紅、黑的屋頂錯落有致地相互倚賴著，感覺像是同病相憐的難兄難弟。爲了圖寫這老舊的歷史，我們推開一扇伊啊作聲的木門，向躲在暗處的老人討一杯清水以調色。老人斜躺著，聽完我們的請求後，什麼話也不說，只以眼神提示水龍頭的所在，便旁若無人地繼續沈浸在《四郎探母》的旋律裡。我們躬身出門時，他甚至連眼睛都不曾睜開。

門裡，一片闃黑；門外，一逕荒涼。炎炎的日頭當空，卻似乎照不進這擁擠著的巷道中。我們四下走動觀察，許久才有一位老人佝僂著走出，腳步極慢、極慢，讓人擔心著似乎永遠走不到目的地！突然！一部拿掉消音器的大型摩托車呼嘯著朝高處奔去，和舉步維艱的老人差點兒撞個正著。我被嚇得驚叫起來，老人卻似乎非常習慣，仍舊自若地繼續他

的艱難之旅，一點也沒受到影響。我撫胸喘息，心臟久久狂跳不止。

午睡著的狗兒們，想是不習慣被外人干擾。看到不速之客的我們，振作起慵懶著趴臥的身軀，相互警告似地吠了幾聲。然而，終究抵不過睡神的召喚，又懶洋洋地閉目就地趴下。我們來回逡巡了半日，決定往回走。行到巷道入口處，才知方才的老人原來是踱到此地路旁的大樹下聊天來了！看到拿著筆在小簿子上寫著什麼的外子，一群老人霎時同仇敵愾了起來，齊齊朝我們露出敵視的眼神。一位較爲勇壯的老人，或者是被公推出來的吧！氣憤地走到我們前面，粗鄙地問道：

「幹什麼的？市政府派來的？……又有啥花樣！」

一等到看見外子的畫作，馬上轉而露出天眞的笑容，跟

他的同伴說：

「哎！畫畫的呀！我還以爲是啥哪！你們都被畫進去了！……啊！畫得還眞像哪！你們快來瞧瞧！」

就在老人圍觀的同時，我回眸流連那長長的巷弄，想到就在春夏秋冬的流轉中，嬰兒誕生、長者老去，愛恨怨嗔說來分明。啊！這高高低低的破舊建築裡，曾經有過怎樣彎彎曲曲的人情？

——原載二〇〇〇．十一．十《中央日報副刊》

回去老家

黃昏時分，我們回到清水——外子從小生長的地方。在迂迴的山路上，我們慣常一邊瀏覽路邊起伏的山巒，一邊喟嘆景物的已殊。外子最常用的開場白是：

「你一定不知道，以前這個地方有一個……那時候，我還在上小學……」

二十多年來，我總是認眞地聽著，一遍又一遍，並在預期的適當地方哈哈大笑，彷彿是第一次聽到一般。到了牛罵頭山的最高處，一眼可以看遍整個清水鎮雲集的建築。再往下走，右手邊就是公公長眠的墳地。這時，我們總不約而同以近乎呢喃的聲音說：

「爸爸在那兒哪！什麼時候下去看一下……」

然後，車子繞過幾個急轉彎後，便正式宣告進入市區。寬闊的馬路筆直地展開，遠遠地，可以看見紫雲巖觀音廟的燕尾脊孤單地貼在高空中。過了一處日式宿舍，外子一定又接著說：

「你看那邊，就是我出生的房子，五歲以後，我們才搬離那兒。……」

看完了左邊，一轉眼，右邊的景致又引起了他的話題

。他總指著一幢破舊老屋，接著說：

「那幢屋子裡，原先住了我的乾媽，乾媽最疼我……呵！可惜她老人家已經過世好幾年囉！」

這樣的對白似乎永遠不失效。爲了湊趣，通常，我也有一番固定的回答以回應他的惆悵：

「是呀！哪天應該帶兒子和女兒一起去看看！讓他們知道爸爸是在什麼樣的環境裡長大！」

年復一年，我們在通往老家的路上，循著既定的模式互動。奇怪的是，在台北，我們眼明手快地順應急管繁弦、變化多端的生活，回去老家卻像是一張跳針的老歌唱片，伊伊嗚嗚，不斷在過門處回返重複。

車子徐徐往前行，天色逐漸轉暗，小鎮的大街上，顯得冷清清。馬路拓寬了，新起的大樓逐漸取代了老舊的日式建築。因爲距離和鋼筋水泥的包裹，小鎮顯得越來越疏離。而車子開著、開著，我們終於也回到了老家。

——原載二〇〇〇・十一・三《中央日報副刊》

春天裡的美術館

年過了！初春的台北街頭彷彿多了幾分淺淡的綠意。從捷運圓山站出來，入眼便是圓山公園的一片翠綠。遠眺過去，極目之處，美術館便隱藏在樹叢間。不是假日，遊客顯得稀疏，中山北路上，車子卻仍川流不息。天氣好極！太陽透過枝葉，

斑斑駁駁映了一臉一身，我們坐在公園的木條椅子上，看樹看人也看車。感覺像是在京都的街頭旅遊似的，有幾分旅人的閒散！幾株欒樹在不遠處開著褐色的花朵，映襯出遠處一蓬金黃色，在群綠間顯得分外耀眼！

「不知是什麼樹？」

我們相互探問著，卻不得要領。雖好奇，卻也沒有進一步窺探的行動。春天裡，適宜隨興地四下瀏覽，不宜像植物學家般追根究柢！

二十六度的溫度，是郊遊的好日子。然而，曝曬在陽光下不過二十來分鐘，高領下的脖子便隱隱出汗。我們起身，舒活一下久坐的肢體，決定朝目標——北美館前進，聽說那

兒有一個「北美館二〇〇一——典藏常設展」正展出二十世紀以來活動於台灣的藝術家的精彩作品！而在觀賞李梅樹、郭雪湖、陳進……等前輩畫家作品之前，我們先在館外欣賞到畫布外的眞實美景。

——原載二〇〇一・四《幼獅文藝》

三空泉的老屋

遠離了塵囂，三空泉顯得靜寂無聲。杳無人跡的山路邊兒，兀自寂寞地矗立著幾幢的小屋。屋裡的人，想是上工的上工、上學的上學去了，只剩烈日無言地陪伴著屋宇。

像小偷般，我悄悄欺身從窗櫺往內望。簡單的陳設中，隱藏著倉促離去的痕跡：飯桌紗罩裡殘留著半碗公形跡可疑的稀飯和幾碟彷若被強力摧殘過後的小菜。紗罩外，幾副吃過的碗筷無秩序地被四處棄置著。椅背上，一條半灰不灰的長褲隨意地搭著，一隻褲腳還幾乎落到地面；同款的外衣則以逃命不及的姿態陣亡在地上；門邊另有一隻大傘張開大口開懷地趴臥著，彷彿正吃吃嘲笑著；水槽裡，鍋、碗、瓢、盤橫陳，料理台上濺開的水漬在陽光的照射下閃著晶亮的光澤……，種種凌亂的景象在在指向晨起的匆忙。

陳舊的小屋，雖然可由斑駁牆面突出的石塊和龜裂的痕跡讀出它的悠久歷史。但是，屋宇的沈穩篤定和屋內人們的倉皇匆忙卻呈現出截然不同的情調！

——原載二〇〇一．二《幼獅文藝》

交換心事

板南線捷運通車了！帶著興奮的心情，像進城的鄉下人一般，沒有目的地搭著玩兒。尋到了一個美麗的站名「江子翠」，我們下車；看到了一個讓人好奇的標示「農家公園」，我們前往。

公園很大，有農舍、池塘、柳樹、亭臺……。每一棵樹下，都細心地題上前人的詩句。假鵝站在池塘邊，三合院右後方的樹林下，有一群假雞相互追逐、啄食，銅牛懶洋洋地趴在泥地上，屋裡擺設著大灶、蒸籠、米甕、竹編搖籃，牆上掛著蓑衣、胡瓢及各式農具。彷彿穿過時光隧道，回到三0年代的農莊。門外，幾株盤根錯節的大榕樹就穩穩地杵在那兒。徐徐的清風，彷彿將樹葉漸次地搖濃！濃密的樹蔭下，一群人，散坐著聊天。孩童騎上銅牛，作勢耕種。原以爲也是模擬的人生，定睛一看，才知是眞實的存在。呵呵的笑語裡，不時的，有人低下頭竊竊地和身旁的人交換著心事。啊！樹蔭遮覆下，你有你的故事，我也有我的。

——原載二000・十・廿七《中央日報副刊》

徐州路上的燈火

週日的午後，小小的工作室裡，慣常會有五、六位畫友聚在一塊兒進行人體速寫。黃昏時分，模特兒離去後，畫友的家屬陸續到來，眞正的熱鬧於焉展開。我們會尋一家稍有情調的餐廳用餐，用餐過後，或者回畫室喝咖啡、飲酒；或者到哪一位畫友的家中小聚聊天；或者乾脆結伴一起到西門町看個電影。一個星期的辛勞過後，這樣的聚會，總是讓人充滿了期待。

這天，用過晚餐後，我忽然想起夜色裡的市長官邸，提議：

「我們到徐州路市長官邸改裝成的藝文沙龍吧！我去過幾回，眞難忘那兒的燈火和搖曳的竹影、紫荊花呀！」

於是，一行人浩浩蕩蕩朝安靜的徐州路出發。閃耀著霓虹燈的鏤空圍牆，在暗夜裡彷彿向行人眨著眼睛！藝文沙龍就矗立在鐵欄杆的圍牆內。一蓬蓬暈黃的燈火在涼風中放送

著溫暖！我們一行十餘人踏過木質地板進入咖啡廳時，服務的小姐幾乎是總動員地動手拼湊起桌椅來。室外麵包樹高聳入天，一些不知名的花樹迎風招展；室內咖啡的香味繞繚，清柔的樂音飄盪。孩子們興奮地在寬闊的院落間奔跑，大人們則在燈火裡滔滔論辯。裡屋坐倦了，便起身到四周逛逛，舒活舒活筋骨。原木的亭台樓閣，有著端凝的質感；流動的小型山水，則爲這莊重平添了若干柔媚的風姿。廊簷下，舒適的座椅錯落有致地排列，人手一杯飲料，閒適地聊著。整個藝文沙龍，顯得詩意盎然。

原本入夜之後便謝絕咖啡的我，在這樣的氛圍下，卻覺得非飲一杯不可了！座中的土壤學專家爲了一本即將出版的新書命名，正廣徵民意；甚具孩子緣的貓頭鷹叔叔帶著孩子在室外玩得不亦樂乎；初老的作家正展示著新購的畫冊；認眞的外子則不放過任何寫生的機會，裡裡外外獵取素材；同行的前輩畫家詹老先生因爲先前的小酌而顯得步履癲狂，不一會兒功夫，便倦極而歪坐著睡著了！

夜漸深，人初靜。初老的作家提醒該是回家的時候了！貓頭鷹叔叔年輕的妻子卻悵然地回說：

「不是還早嗎！還不到打烊的時候哪！再坐一會兒吧。」

然而，精力過人的年輕妻子終究寡不敵眾。在互道再見聲中，貓頭鷹夫婦扶著醉意尚濃的老先生逐漸沒入燈火漸闌的夜色裡。

「下星期日再見囉！」

大夥兒都依依不捨，卻又如此熱切地期待著。

——原載二000・十二・廿九《中央日報副刊》

和太陽競逐

從餐廳走出時，晚天還殘留著戀戀不捨的霞光。一位我猜測可能是中學老師的文藝營學員，急急從身後追上來，叮嚀我們：到了三義可別錯過鯉魚潭！她說：

「去鯉魚潭的途中會經過一條很棒的綠色隧道哦！現在去應該還來得及，一時之間，太陽應該還不至於下山。若不是我們晚上還得分組討論，眞希望帶你們去看看！」

雖然，天色已逐漸暗了下來，但被慫恿後的情緒卻漸次亮了起來！我們決定和太陽的腳步競逐，要趕在它落下前一窺綠色隧道的風姿。

車子往前急馳！我們的心情有些急迫，陽光似乎在車前一吋一吋的消失。趕到綠色隧道時，終於不敵太陽下墜的速度，想像中的綠已轉爲鬼魅似的黑！除了車燈前的一圈亮

光外，就是狂亂糾纏的枝葉，顯得鬼影幢幢！沒有人、沒有車，綠色隧道卻長得好像永遠沒完沒了！我們摸黑往彎彎曲曲的小徑前進，不時在小岔路間抉擇。終於！在一個標示不明的路口，我們決定返轉！我注意到是個沒有月亮的夜晚。

次日，不甘心的我們再次前往。這回，太陽追著我們跑！從綠色隧道糾結的枝葉間，不時露臉和我們擠眉弄眼！我們也不甘示弱！走出車外，我小心翼翼地捧著水和顏色，讓外子提筆將灑在枝葉的光影連同大片的綠色一起收集在畫本上，不讓它脫逃！

——原載二〇〇〇·八·十八《中央日報副刊》

小巷風光

住家附近，原是法院的宿舍區。新起的樓房高聳入雲，越發襯托出周邊矮屋的寒磣。木造的屋子看似毫無章法地橫陳，卻又整齊劃一地相彷彿。屋外冷氣機下，總披披掛掛著五顏六色的衣物；窄門前，一貫置放幾盆營養不良的盆栽；而屋前則經常有一、兩位老人站在那兒聊天。

橫一條、豎一道地窄巷裡，停滿了車子。一大清早，附

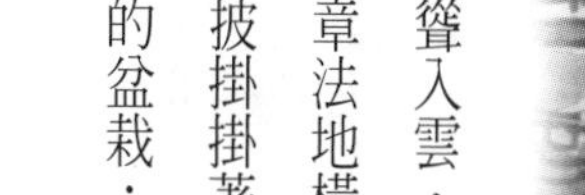

近的郵局及電信公司便湧進大批的男女職員，睜著惺忪的睡眼懨懨尋找免費停車位，屋裡的主人則故意站在門口做運動，我猜測，嚇阻他人停車的意味重、運動強身的目的少。一回，我停放在巷內圍牆邊的車子，便被強酸潑得面目全非，雖然氣憤難當，可也找不出兇手。

正對著愛國東路的這條小路筆直，是巷弄間最具光明磊落風度的一條道路了。一邊是電信局的圍牆，一邊是零零星星幾戶人家的側門，單行道的這條路，摩托車、腳踏車及行人是不受拘執的，照樣來來往往。這算是我最常走的一條路了，每到黃昏，我駕車歸來，總要在巷道中穿梭往來，鵠候一個難得的停車位。一位精神可能有些異常的精瘦男子，總在此時走出屋子，站到路中央，一邊喃喃自語、一邊精神亢奮地比畫著。有幾回，他便立在我的車旁咕嚕咕嚕地說著什麼，我認眞辨識，卻只是徒勞。看來沒有什麼攻擊性的男子，已成了黃昏巷內的特殊景觀。

櫛比鱗次的矮舍裡，每隔一段時間便會傳出淒厲的叫罵、哭喊聲，也許是夫妻反目，卻又無法確認是從哪一家發出，在夜深人靜的時刻，格外教人心驚膽跳！從我居住的四樓往下看，還經常可以見到以木板隔間的兩戶人家，相互以粗礪的言語叫囂！甚至手持工具、兵戎相見。流血的事件雖至今未聞，流淚的場面則不時可見。然而，健忘顯然也是他們的共同特質，沒過幾日，當你還爲他們的糾葛、仇恨憂心之際，這些相互咆哮的鄰居又嘻嘻哈哈坐在門前一起喝茶、月旦時事了！

——原載二〇〇一·二·十六《中央日報副刊》

誤闖古厝

雖然已是第三回到蘆洲的同一地點演講，卻對當地複雜的地形依然敬畏有加。星期六的下午，路況頻傳，從收音機裡得知我必經的路途中正有幾起車禍發生。爲了能準時到達，不讓無辜的聽眾鵠候，我草草吃過午飯後便動身。充當司機的外子，也帶上畫本，決定在我

演講的當兒，爲陌生的蘆洲寫生。

意外的，車行居然通行無阻，一路長驅直入的結果，使得我成爲第一個到達的聽眾兼講者。爲了不驚動主辦單位、增加他們接待的麻煩，我在勘查過場地後，便隨外子外出，開車在街道間閒逛！怕迷路，我們不敢走遠。外子邊開車、邊物色寫生的景點。堤外便道、市區駁雜的建築、神情茫然的行人……我隨意地提供題材，都遭外子一一否決。前方的一部白色福特轎車忽然在一個小小的十字路口轉進一條極小的路，我匆促地說：

「不入虎穴，焉得虎子？快跟！」

被我這麼一催促，外子遂不假思索地跟著白車轉彎。誰知，轉進的，竟是竹葉掩映下的一幢四合院古厝。白車的主人將車子停進搭蓋的車棚內，出來時，用一副狐疑的表情對著我們。我們打開車窗，齜牙咧嘴地朝他解釋：

「歹勢！以爲是條大路哪！哪知……啊！這幢古厝眞美呀！可以畫一張嗎？」

男子隨即展開笑靨，客氣地回說：

「破草厝！若未棄嫌，盡量！免客氣啦！」

——原載二〇〇一．四《幼獅文藝》

輯二

人生的四季

人生的四季

秋末微雨的午後，無意間，走過榮星花園邊兒。一段不足爲外人道的浪漫記憶驀然浮上心頭，夫妻二人信步進入這個二十餘年前經常約會的花園裡。施工中的花園，已非當日記憶。新添的兒童遊樂設施裡，孩子們興高采烈地追趕跑跳，歡樂的氣氛感染了周邊觀看的大人，每人都露出欣欣然的笑容。一會兒，從天而降兩隻鴿子，先是熱烈地嘴對嘴親吻，繼則不顧眾人眼光、按捺不住地當眾交歡。孩子們發現了，興致盎然地相互傳遞訊息，都停下了追趕的步伐，凝神注視。「親嘴欸！你看！牠們在親嘴欸！」的聲音，悄悄地在秋日的午後流盪！當公鴿子爬上母鴿的身上時，一位稚齡的男孩，忽然扯著媽媽的裙襬，大聲地追問：

「牠們在做什麼？」

在場的小朋友全圓睜著疑惑的眼、仰頭等候那位年輕媽媽的釋疑。缺乏應對經驗的媽媽霎時滿臉通紅，顯得手足無措。低下頭，輕聲地回說：

「我怎麼知道！」

孩子們都失望地回眼繼續好奇地瞧著鴿子。這時，一個清脆的童音忽

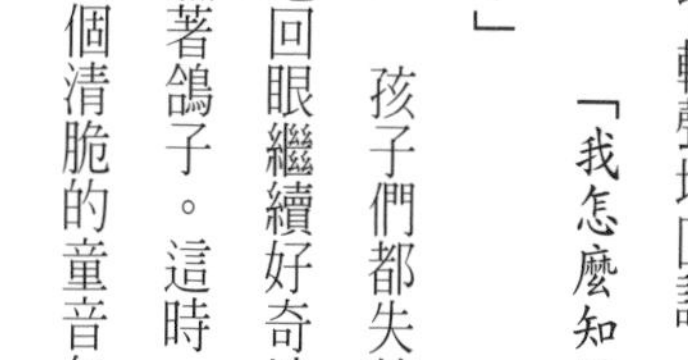

然揚起：

「我知道，牠們在做愛！要生小寶寶囉！我們老師有講過哦！」

方才發問的孩子對母親的無知似乎有些不滿，卻又不甘心！不死心地再度追問：

「媽媽！是在做愛嗎？什麼是做愛？」

年輕媽媽的臉紅得更厲害了！拉著孩子慌張地離開，周遭的大人全大笑了起來。

這時，另一邊兒大樹下的輪椅上，卻歪坐著兩位約八十餘歲的老太太，一位懨懨地打著盹兒，一位出神地望著遠方。鬆垮的面容在透過枝葉的陽光照射下，呈現出毫無生氣的凝滯。幾位可能來自東南亞地區的菲傭或印尼傭則在一旁的石椅上開心地玩著紙牌，不時爆出高亢的嬉鬧尖叫聲！然而，即使是如此尖銳的喧嘩，也似乎難以喚醒老人的神智。她們彷彿決定和這個熱鬧的世界完全決裂般，漫渙地守候著自己的記憶。來自異域的年少女傭紅潤的臉龐，透露出年輕的訊息，殘酷地襯托出瀕臨死亡的老朽！往右方望去，一位初老的男人，兀自在一旁專心地打著太極拳，拳法看來極其熟練。他一遍一遍地、不厭其煩地擺動著手腳和身軀，堅毅的表情彷彿正從事著和年齡頑強對抗的生死大事。

原本是來追索青年記憶的我們，卻在不經意間目睹了初生之犢的孜孜扣問、青春年少的勃發生機、初老男子的奮力搏鬥和龍鍾老人的無奈失落等等人生四季的光景。儘管遊樂場地的笑聲一波一波地傳來，而剛剛邁入五十關卡的我們卻也不禁要悚然嘆息了！

——原載二〇〇〇·十二·廿二《中央日報副刊》

風景

身體逐漸委頓的母親，不停地和我們交代身後的事。類似的不愉悅話題讓我們感到強烈的不安！外子說：

「帶媽媽到郊外走走，順便上上香，祈福一下吧！或者老人家會覺得舒服些！」

於是，鎖定距離適中的新竹北埔。之所以選擇北埔，除了知名的慈天宮外，其實，是聽說了那兒正盛產著柿餅，而柿餅正是我們小時候最垂涎欲滴的零食。

星期假日，北埔的街道充滿了觀光的人潮。不管是工藝品店、飯館或茶藝館，都人滿為患。連小攤販都被重重包圍，

柿餅、福菜、茶葉及各類餅乾、糖果擺滿了攤位，遊客和攤販討價還價，或者試吃，或者請教烹調方式，慈天宮前的廣場，尤其擠滿了遊客！他們大多東張西望，在擂茶店和咖啡屋間舉棋不定。除此之外，還有成群的觀光客，由導遊帶領著，一路以特大的麥克風聲量解說當地的人文地理。

我們走進了一家吃食店，據聞他們的板條風味是當地最佳的。雖然冷氣呼呼地吹著，但是，天氣實在太熱，顧客又太多了，我們一邊緊張地吃著，一邊抱歉地看著大排長龍的遊客，只恨板條實在太大碗了！外子匆匆吃完，先行離開。等我們付過賬後，出得店來，放眼一看，發現他已站在廣場邊速寫起來。他神情專注地將神明和遊客，捕捉進畫本中，神明和遊客則好奇地圍觀他作畫。我和母親笑著將這種種景觀一起納入眼底。媽媽說：

「啊！全茂畫圖的模樣也變成風景囉！」

——原載二〇〇〇・八・十一《中央日報副刊》

小巷的黃昏

從泰順街上的牙科診所往外看，小巷的黃昏顯得意興闌珊。

幾個垂頭喪氣的孩童，背著沈重的書包、佝僂著背，走在回家的路上；早市的攤位上，殘留著幾片乾枯的菜葉；一隻小狗夾著尾巴踽踽獨行。

只有斜對面的舖子前，冒著騰騰的熱氣。招牌上寫著：肉圓、甜不辣、粉腸、米粉湯、湯燙青菜……，看起來生意挺不錯

的。

就在圍牆外的路邊，擺上幾張簡單的桌椅，吸引路過的飢餓肚腹，台北的某些角落仍隨處可見法律也管不到的生機。主持烹煮工作的男人，面無表情，一逕埋著頭料理著。即便是找錢時，眼睛也不朝客人的方向注視。彷彿從事的，是一件即使形神分離也可以輕易達成的事。顧客的姿態，雖同樣是埋頭苦幹，卻形成另一種生猛的印象，顯示著對吃食品質的滿意，儘管偶爾飛馳而過的車子可能爲鮮美的湯頭加入或多或少的塵沙。

蒸騰的熱氣向四周散發出撲鼻的香味。垂涎欲滴的我，撫著牙疼已若干日的臉頰，揣想著：

「等一會兒，在醫生的妙手治療過後，我是否也能坐到小桌邊，暢意地嚐一碗塵沙加味的米粉湯！」

——原載二〇〇〇・十・廿《中央日報副刊》

小型國是會議

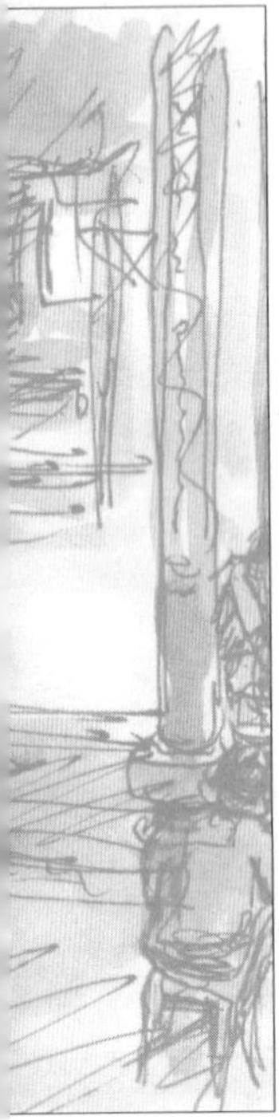

中秋剛過，節慶的喜悅，很快在多變的時事中被沖刷殆盡。日子又恢復了在意識型態及核四等議題中打轉的激辯，無論是媒體抑或被媒體宰制的觀眾。在課堂中，學生問我的意見；在朋友的聚會裡，同樣的問題也被熱烈地關切著。電視、報紙、街市、客廳、教室、公園……，叨叨不休，讓人不禁嫌惡起來。於是，我們選擇離開聒噪的人間，走進廟宇，打算和神明共度香煙繚繞的午後。

二十餘年前的元宵節，仍沈浸在新婚愉悅氣氛中的我們，爲了討得吉祥的徵兆，曾相偕到龍山寺看花燈。半途，爲了營救一位酒醉肇禍而血流滿面的老人，終究沒去成龍

山寺。其後，也和朋友去過幾回，都只在外圍流連，從不曾和神明素面相見。所以，中秋過後的恭謁，在心情上顯得格外慎重。

龍山寺的周邊已非昔時模樣，攤販雲集的盛況不再，午後，只在人行道上有幾個賣蓮花紙錢的攤販懶懶地彼此攀談著。走進了大門內的天井，寶相莊嚴的香爐安靜地吐露著裊裊的香火，穿著花色衣裳的善男信女在鮮花素果前神情肅穆地頂禮膜拜著

。並無宗教信仰的我們，也不免收拾起先前的嘻笑言談，虔誠地對著佛像合掌膜拜以祈福。

相較於我們的嚴肅莊重，一旁閒聊著的老人就顯得自在多了！他們取過塑膠小凳圍坐著，一邊吃著月餅、剝著柚子，一邊口沫橫飛地議論著。我們放輕腳步，前殿、大殿、後殿、鐘鼓樓四處瀏覽著，這台灣島上最華麗的廟宇建築，聽說還是國家二級古蹟哪！銅鑄龍柱、考究的石雕用石、各式籤詩、觀世音菩薩、媽祖、文昌帝君、關公、註生娘娘、池頭夫人……。忽然，背後傳來一陣騷動，原來

一言不合的老人幾乎要動手了！細聽之下，又是：

「免以爲恁阿扁作總統你就『梟擺』！伊若做不好，過兩年照常落台！人家核四古早就決定要起了……唐飛一個好好的人乎伊逼得下台！哼！……也不想人家幫伊多少……

「你才是奇怪！恁宋盼仔沒選得，你就不甘願！每天講話刺激人……核四若爆炸，大家要死卡緊啦！哼！核四！……」

啊！又是核四！我啼笑皆非，只能拉著外子的手，掩耳逃出那個小型的國是會議。

——原載二〇〇〇・十一・十七《中央日報副刊》

與自然拔河的女子

走過顛簸的山路，我們一行人來到滿目瘡痍的和平鄉雙崎村。泥濘的道路、橫阻的大石、裸露的地基、歪斜的屋宇……距九二一地震已經九個月，外面的世界已然逐漸恢復了原有的秩序，而此地，災難彷彿才剛開始。

名叫何玉桔的女子半捲著褲管，站在門口，苦笑著迎接我們。她攤開雙手，無奈地說：

「再強！強不過天！經過這次，我再不敢相信『人定勝天』了！」

斷層帶經過她那間木屋的窗外，九二一山崩地裂的記憶猶在，嚇人的土石流接踵而至。大地的怒吼無情地吞噬了她原先的夢想——以山林爲鄰、和蜂蝶爲伍，怡然地在大自然

中蒔花種菜！

地震後的那日清晨，她目睹山河變色，驚懼夜宿都會的兒女是否遭遇不測，揹著乾糧、食物、茶水，跋山涉水，奔回城裡的家；而驚聞山裡死難頻傳的兒女亦憂心父母安危，迢迢趕赴山區。雙方錯身而過，焦慮憂心，無言可喻。大難來時，方知父母、子女在自己生命中的重量。而土石流滾滾而下時，先生和她駕車沿路退逃，幾乎拚死和土石流比速度！生死只在十秒間。那種和天拔河的經驗，讓她這一生倔強好強的女子幾乎喪失鬥志。

先生和她，努力了大半輩子，選擇了偏遠的山區，一磚一瓦地按圖施工，指望在佈置得清幽宜人的木屋中，過著半隱居似的後半輩子！誰知一場地震竟帶來了那麼嚴重的後遺症！一次次的土石流過後，她堅毅地清理屋子、重新鋪設草皮、種植美麗的玫瑰園，架設鞦韆架。土石流才不管，兀自

接二連三地席捲！大石夾帶泥漿，毫無商量餘地地以無可抵擋之勢奮力衝擊！人類除了束手就擒，什麼也不能。

屋外整片的玫瑰被掩埋，樹下的鞦韆連同大樹被連根拔到了遠方；屋裡清出了及膝的泥漿，地板留下土石流刮傷的印記、家具全泡了湯！她環目四顧，不禁流下了淚！她要求的不多，只想安靜地在屋裡席地而坐，看看書、發發呆！和大自然作朋友。可是，老天卻無端生氣，說：

「想都別想！」

——原載二〇〇〇・八・四《中央日報副刊》

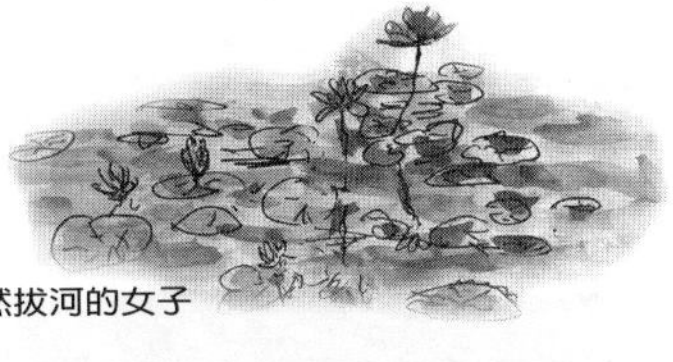

四平街裡的不平

在一次文學獎評審會議結束後的聊天中，被公認對吃食頗具心得的詩人大力推薦位於四平街上的一家豬腳店。詩人用著讓人幾乎聽著就要流口水的口吻說：

「這家的豬腳保證好吃！吃過一次，絕不想再吃別家的。有些豬腳，冷了，根本不能吃。這家的不一樣，即使涼了，口感還是非常棒！」

一向對豬腳相當偏愛的我，一聽完，就恨不能插翅飛去。於是，選了個沒課的中午，和外子相偕前往。

因爲，沒得到確切的地址，我們只好從街首開始尋索。已經將近午後一點鐘，許多的商家，都陸續進入打瞌睡的狀態。整條街，顯得慵懶。正想開口向人打探，驀然發現橫向巷道的一個店面前，擠滿了人潮。趨前一看，亮晃晃的燈光

下，正是油光光的豬腳！隊伍從屋裡直排到街道上，我們只得耐下性子等候。好一會兒，才得循序進入室內。進到室內不免大吃一驚！這哪裡是餐廳，分明是戰場嘛！人人似乎都準備好要衝鋒陷陣。每一組人馬俱虎視眈眈，用各種肢體語言宣布各自的等候對象。嘴裡嚼著蹄花肉的、嚐著油豆腐的、喝著筍湯的、含著滷肉飯的……全都無法逃避鵠候人群的催促眼光。只要座位上有人稍稍挪動身軀，站

立的人即刻坐下或丟下佔領位子的信物！身手之迅速、靈敏，無以復加！

當我們好不容易爭取到座位，並開始點菜時，另外的一家三口也搶下了我們同桌的對面位置。約莫小學生模樣的女兒，嘟著嘴，叨叨地抱怨著：

「明明是我先等的！憑什麼讓他們先坐！大人就可以欺負小孩嗎！……」

穿西裝的爸爸事不干己地望著外頭，沒加理會；只聽戴眼鏡的媽媽慢條斯理地勸慰：

「小孩子別那麼會計較！你看，現在我們不是也有位子了？做人要懂得謙讓！不要太好強……」

小女生並沒有被說服，依舊嘟嘟囔囔地抗議：

「這跟好強有什麼關係？這樣是不公平的呀！」

媽媽用著無力且顯然缺少信心的語調繼續開導著憤怒的

孩子。她的言語，反反復復，不外「公民與道德」課上揭櫫的「忍讓」、「退一步海闊天空」等等道理，講著、講著，似乎連自己都困惑起來，最後，竟然拉我們下海，說：

「這樣不是也挺好的嗎？你看！這桌的阿姨、伯伯都很和氣的呀！對不對？坐那邊有什麼好！」

爲了呼應她的說法，外子和我只好被迫對著孩子綻開友善的笑容。幸而，雙方點的飯菜終於在此刻上桌。我們五人同時拿起筷子，奮勇地向佳餚美食進軍，ＱＱ的豬腳總算及時爲我們解除了尷尬的場面！

——原載二〇〇〇・十一・廿四《中央日報副刊》

街頭畫家

人來人往的捷運站出口處，群集了一圈又一圈的人潮。我們踱過去，一窺究竟。原來是幾位街頭畫家正分頭爲旅人速寫肖像。以一個個的廊柱爲中心，畫家將自己的作品錯落地掛在廊柱上，任人品評。滿意的旅客便坐上畫家預備的小椅子，掛上招牌的笑容，讓畫家用筆爲他們留下倩影。

五、六個畫家各自據地爲王，展開沈默的素描工作。寡言少語是他們的共同特色，姿態中隱藏倨傲、委屈，有點兒龍困淺灘的況味兒。

「也許有過飛

龍在天的想望吧？原先也以爲能成爲揚名四海的藝術家吧？也或者至今仍懷抱著一舉成名的不足爲外人道的盼望吧！」

我在心裡一邊揣想著，一邊游目四顧。唯一的女畫家壓低了帽沿聚精會神地在畫紙上沙沙落筆。坐在小椅上的是一位約莫七、八歲卻打扮得像少婦的女孩兒，手足無措且神情

傴促地面向畫家。應該是女孩兒母親的女子，不停地對著孩子叮嚀：

「不要動！要微笑才好看哦！……手放下，不要轉頭，看我這邊！……乖！別動，就快好了！笑一個。」

畫家的身後，則圍繞著一圈觀看的男女，時而壓低聲音竊竊私語。不時聽到有人驚訝地說：

「哇！好像！鼻子最像啦！」

有的顯然不以爲然，辯稱：

「鼻子哪像！像的是嘴角啦！撇嘴的樣子畫得最像了！」

七嘴八舌的，前面的女孩沈不住氣了，身子扭過來、轉過去，不時以求乞的眼光向母親求援，孩子的媽則以嚴厲的眼神嚇阻。女孩幾乎要哭出來了！看來媽媽已把所有孩子能理解的威脅利誘的字眼全用光了，正當幾近束手之際，畫家終於在畫紙上簽上名字的最後一筆，將整個危機形勢解除。

孩子從椅子上起身，像隻蝴蝶般飛快撲進媽媽懷裡，將臉頰整個埋進媽媽的裙子中。媽媽付了錢後，把肖像拿得老遠，左瞧瞧、右看看，露出狐疑的表情，一時拿不準該讚美還是嘆息！君子有成人之美，我排開眾人，擠進女人的身邊，故意用誇張的語氣說：

「哇！好可愛！畫得眞像！你看！眉眼之間的嬌俏全畫出來了！這裡的神情最像媽媽了！能畫出來，可見功力。」

如此具體且一箭雙鵰的讚美，顯然讓畫家和女人都感到滿意極了！女人完全沒有疑慮地躬身向畫家和我致意後離去；畫家則打破沈默，朝我微笑且簡淨地說：

「謝謝！」

有人繼起落座，畫家再度執起畫筆。我吹著口哨，挽起外子的手，愉悅地走向黃昏的河堤。

——原載二〇〇一．二．二《中央日報副刊》

討價還價的弔詭

在外用餐過後，我們信步在午後的街市中行走。太陽躲進雲層中，風涼涼地吹著，是很舒適的天氣，適合讀書、適合寫作，更適合逛街。我決心拋開惱人的工作，還給自己一個閒適且幸福的下午。

既然決心享受閒適，我們便不設定目標地閒逛；既然想要享受幸福，我便顧不得身邊羞赧成性的男人的窘迫，在人群中伸出手緊緊的挽住他的。走著、走著，走進了一處被規劃為行人徒步區的市場。道路的兩邊是一家家商店，吃的、用的、玩的，琳瑯滿目，應有盡有。我拉著外子往右手邊湊過去，耳環、髮帶、項鍊……一副一百元，兩副一百五；再往左手邊瞧瞧，金針、香菇、木耳……一兩十三元，一斤一百五，再過去，棉質長裙、背心裙、蕾絲滾邊的小童裝、T

恤……啊！除眼花撩亂外，眞讓人看了心裡充滿著身處太平盛世的歡喜。

外子站在一處簷廊下取景畫畫，我無聊地趨近一處賣鞋的攤販，一眼瞧中一雙水藍顏色的便鞋，我稱之爲「自欺欺人鞋」，因爲鞋子前頭雖然密閉完整如正式皮鞋，腳踝處卻空空如也，像家居的脫鞋，聽說是專爲方便穿長褲者而設。這讓我不由得想起年少時曾流行的一種虛假的高領套頭，

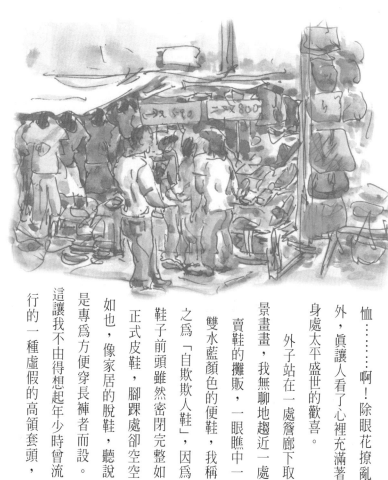

穿起來像是一件套頭毛衣，實則僅是帶有一小塊前胸的領套而已，兩者想來都是爲亂人耳目之用。我試了試，覺得合腳又方便，不免動了購買的念頭。問明了一雙五百九十元，我假意無可無不可地向老闆試探能否以五百元出售。老闆露出不可思議的笑容，朝我說：

「開玩笑！一雙哪能賺到九十元？世上哪有這麼好賺的事！」

我被說得紅了臉，正爲自己的不知民間疾苦而羞愧！忽然，身後來了一對夫妻模樣的中年男女。那男子啓齒道：

「好啦！我太太也買一雙。跟這位太太合起來共兩雙，就八百元囉！」

我的算數雖然不太高明，卻仍很快辨識出這樣的還價比我先前的還要離譜！正錯愕有人比我還不識時務之際，老闆居然一口應承道：

「好啦！那就包起來囉！」

我張口結舌，還來不及反應我的疑問，看起來像老闆助手的女子已飛快地將鞋包好、遞將過來。

鞋子買了！可是，這般匪夷所思的事卻一路困擾著我。在回程的車上，我向外子提出了這起荒謬的討價還價，譏嘲老闆的算數可能自小就一直沒有及格過！外子微笑著取出他的畫本，指著圖畫中鞋店的素描給我看，上頭掛著兩塊板子，清清楚楚寫著：

「一雙590，二雙800」

——原載二〇〇〇・十二・一《中央日報副刊》

茶坊掠影

「東區新開了一家茶坊，很有特色。等我發了薪水，帶你們去嚐嚐！」

在東區上班的兒子帶回來這樣的訊息。我問什麼叫「茶坊」？是專門讓人喝茶的嗎？兒子說是以日式的點心爲主，也可點餐。禁不住我一再的追問，兒子不耐煩了，回說：

「啊！很難跟你說清楚的啦！總之，是一間滿有特色的店。聽同事説，每天都人滿爲患！你去了就知道。」

我天天等待兒子發薪水，等著他帶我們去見識熱門的茶坊，唯恐自己一下子沒跟上時代的流行，突然間被歸類爲「古人」。

終於，在一個週末的中午，一家人聯袂前往。原來是一家所謂的「日本都會新潮料理店」，以菜色不油膩、甜點誘人、上菜快爲招徠。茶坊位於二樓，樓下是家香噴噴的麵包店。走上彎彎的樓梯後，是一個充滿鵠候顧客的小型空間。人很多，必須像到醫院掛號一樣，先登記人數，且規定必須全員到齊方可就位。我們還未上到樓梯口，先就聽到大聲的爭執！原來一群久候的客人，因爲一位朋友正好上廁所而被嚴格把關的帶位女孩取消就位資格！飢腸轆轆的顧客氣得跳腳，恨聲罵道：

「什麼怪規矩！連上廁所都不能通融，又不是上總統府

吃飯！眞是豈有此理！」

女孩脹紅著臉，無力地申辯著。幸而那位尿急的顧客及時出現，方才解除了翻臉搶飯吃的危機。

雖然裡屋的空間不大，但因擺設簡淨，顯得寬敞。紅木桌、黃藍椅子，幾大片玻璃窗環繞，亮晃晃的，給人乾淨明亮的印象。我們被帶到角落的位置，可以俯視整個忠孝東路的街景，因視野極佳，方才久候的不悅一掃而空。我們按圖索驥，看著菜單上的圖片胡亂點一通：照燒雞肉飯、茶坊風蟹肉蛋包、蟹肉拉麵、雞肉丸豆腐、雙色雞肉飯，外加燒番薯冰淇淋、抹茶霸淇淋蜜豆汁、日式挫冰、黑芝麻……，侍者端來的時候，我們才知大事不妙！原來每樣甜點都是特大號，撐得我們差點兒不要命地跳樓！

從甜點裡抬起頭，撫著飽脹的肚腹，不經意間往下看，午後的忠孝東路忽然變得人馬雜遝。不知是否錯覺，穿梭的人們似乎都和我們一般，顯出酒醉飯飽的滿足神情。

——原載二〇〇〇・十二・十五《中央日報副刊》

燒玻璃的女子

星期日的黃昏，朋友們相約搭捷運去碧潭。大家都有一些年紀了，對碧潭的記憶猶自停留在划船、走吊橋及某些不足爲外人道的褪色情愛！因此，站在堤邊高處放眼望去，不禁爲它的改變感到吃驚。

山水無恙！只是密集的遊樂設施及小吃店幾乎是櫛比鱗次，讓人透不過氣來！

碧潭的遠處是點點的船影；近處則滿是烤香腸的、賣氣球的、賣冰品的攤販、跌跌撞撞學步的孩子及相依偎的情侶……，堪稱人山人海。溫度雖然有些高，但時有微風吹來，倒還感覺滿舒適的。

在碧潭的一隅，有一個賣玻璃小飾品的攤販。我們信步走過去，同行的女性朋友紛紛低下頭撿選、觀看。攤販由兩位女子看管，一位負責買賣，一位專注地俯首燒著玻璃。那位紮著馬尾、燒著玻璃的女子，看起來約莫二十歲左右，手非常巧，三兩下，就燒出一個動物形狀的墜飾或戒指。她從頭到尾一語不發，無論顧客問她什麼，她總是充耳不聞。我注意到她的皮膚有些褐色，像是慣常看到的菲傭的形貌。我懷疑她若不是從某個雇主家裡脫逃，便是被變相使用！我不禁揣想，這般年輕的生命，飄洋過海到此地來，大約是沒想到會終日與一撮小小的火苗相守著在異國的潭邊吧！

——原載二〇〇〇・十・六《中央日報副刊》

圖書館一角

也許是學期即將結束之故，國家圖書館裡，驀然湧進大批的人潮，給人一種兵荒馬亂的感覺。尋索資料的電腦顯然不敷使用，登記表上，密密痲痲地塡滿了等候的人名，潦草的筆跡透露出強烈的焦慮；而坐在電腦桌前敲擊鍵盤的手，也或者因爲使用時間的催促而顯得倉皇。一盞盞蒼白的日光燈映照出閱覽室內一張張茫然的臉孔。有的剛從伏案趴睡中睁開惺忪的睡眼，有的因爲眼力用得太過而猛力眨著佈滿血絲的雙眼，有的則奮力地和堆積一旁的報紙做殊死戰。

因爲編輯一本年度散文選，我已經在圖書館裡一連待了多天，感覺彷彿又回到撰寫博士論文的那段日子。報紙的油墨將我的手指染成沒有血色的灰黑，報紙雜誌的超小字體則不留情地將我的眼白劃下一道道的血紅。爲了借閱書庫裡的

雜誌，我塡一張張的借閱單，一回回地枯候。好不容易等到了，瞄了一眼，馬上知道沒有我所需要的東西。很快地歸還，再迅即遞上另三張借閱單。擔心服務的小姐懷疑我是來找麻煩的，本想稍加解說，但顯然是多此一舉，看來她一點也不以爲意。

我坐在一旁的沙發靜靜等候。沒一會兒功夫，坐在我旁邊的青年，突然頭一勾，在我的肩上沈沈睡著。我被賦予相

當於枕頭的使命，用肩膀吃力地扛起他的頭。青年睡得香甜，甚至還發出均勻的鼾聲。我不忍驚醒他，誠惶誠恐，覺得任重道遠。對面的女孩原先仔細閱讀著攤在膝上的雜誌的，不經意間抬起頭，和我四目相視，靦腆地埋下頭吃吃發笑。

「大約是我的樣子太狼狽吧？也或者是青年已經留下無法控制的口水呢？」

我尷尬且擔心地揣測著。一邊吃力地支撐著肩上的重量，一邊注意著服務台的動向。服務的先生、小姐像無頭蒼蠅般忙碌著，借書、還書之外，還負責爲讀者解惑，工作其實是十分單調無趣的。幸而他們似乎都能勝任愉快，並無絲毫不耐煩的神情。這樣的發現，無形中激發我「鼎力支撐」的熱情。只是，我借閱的雜誌已然從書庫中被徐徐推出，我只好輕輕地將肩膀挪出，企圖用左手將青年的頭扶正。就在

此時，青年忽然睜開了眼睛，旋即不好意思地頻頻道歉。爲減少他的愧疚，我微笑起身，刻意維持優雅的姿態，取過書，找到角落的位置坐下。呼了一口大氣，自言自語道：

「好傢伙！就一顆頭，還眞重！半邊身子都痠麻了。」

——原載二〇〇一・一・十九《中央日報副刊》

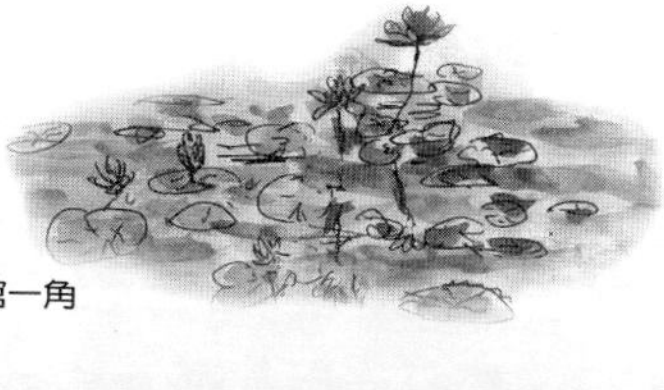

熱鬧的早市

人行道上，熙來攘往的人潮簇擁著前進。臨時攤販眼明手快地和警察玩著捉迷藏的遊戲，在中正紀念堂打過太極拳或運過氣功的男男女女，則帶著運動過後的神清氣爽，或者彎腰挑青菜、選衣服，或者找家早餐店吃燒餅、油條！破舊的紅磚道，坑坑巴巴，一不小心，便有黑褐色的泥漿從隙縫中濺出！然而，這完全無損於人們討價還價的興致。清晨的杭州南路二段是數字和貨物的交會。

天色猶然迷離，人們卻已擺好架式，準備以肉身和這世界奮力一搏！

再往前走過去，連綿的木造的矮屋間，突兀地鶴立著一幢高樓大廈！是高等法院的宿舍！聽說住著國家的高階執法人員。可是，一牆之隔的人行道上卻是無照攤販的謀生地！執法人員和非法攤販以極其荒謬的姿態和諧共生！這是台灣特殊的景觀，大家都見怪不怪！

——原載二〇〇〇・九・廿二《中央日報副刊》

幸福

多年前，各奔東西的兄弟姊妹相約返家。在飯桌上，母親臉上洋溢著笑容說：「做了飯，有人回家吃，就是幸福呀！」當時的我，工作、家務兩忙碌，厭倦極了在鍋碗瓢盆中打轉，對她的說法感到十分納悶。

如今，女兒出國，兒子經常滯留在外。寂寞地坐在費心烹調的食物前，常覺味如嚼蠟。十年前母親說的話，驀地竄上心頭。原來，幸福真的常常只是在飯桌上！在鍋碗瓢盆裡！

——原載一九九九・十・七《自由時報副刊》

小鎮風情

回到中部的小鎮，陪著母親拜訪老家的兄嫂。車子行經鎮上的市場邊，母親忽然要求停車，說是市場轉角賣的蘿蔔菜包是堂嫂的最愛，她得捎幾個過去。於是，外子留守，我和母親牽手在人潮尚未洶湧的街市裡東張西望。還沒找到街角，先進了家西藥房。藥房老闆娘認出了母親，熱情地說：

「中興托兒所所長是你的二女兒，對否？……這是小女兒嗎？啊！你的女兒都好漂亮！跟媽媽長得好像。」

眞是「一箭數鵰」的讚美！不但母親開心，連我都笑得合不攏嘴。

街角粿店的老闆娘年事已高，深刻皺紋的臉寫滿歲月的痕跡。不愧生意人的八面玲瓏，三言兩語，便牽扯出了彼此的關係：

「元隆油店的二媳婦是你的女兒吧！啊！不但人長得漂亮，嘴巴也甜。我跟她婆婆家只是遠親，每次見面卻都姨婆長姨婆短的叫！既然都是親戚，就『青睬』算啦！免計較。」於是，平白無故的，又獲贈高麗菜包數個。

賣菜的、賣肉的、水果攤、雜貨舖子……，每一次的交易都是一次倫理關係的重建過程，四姨媽、七舅公、親家母、五嬸婆……腦袋的運轉幾乎跟不上寒暄的速度。就像林立的店招和撐起的五顏六色大傘，小鎮的風情眞教人眼花撩亂！

——原載二〇〇一・一《幼獅文藝》

夏日觀荷

荷花盛開的夏日，我帶著久病初癒的母親到植物園散步。黃昏時分，淡淡的花香和濕熱的空氣糾纏、綢繆，散發出不易形容的奇異氣味。母親走得極慢，不時停下腳步，駐足四望，我知道她在尋找能落腳的座椅。我記起醫生的叮嚀，輕微中風的肢體亟需走路來復健。於是，我狠下心腸，不但佯裝不知她的心意，且刻意走到前頭，引導她追趕。

然而，終於還是讓她看見荷花池畔的座椅了！她像大旱之望雲霓般，將整個身軀重重撲到椅上，賭氣地朝我說：

「要走你自己走好了！我走不動了。」

我挨著她坐下，二人默默地不說話，只怔怔地望著滿池子的花海。黃綠相間的荷葉展示了旺盛的生命力，粉紅的荷花則伸長脖子，向池邊的觀賞者討賞似地諂媚著。過了一會兒，一直沈默著的母親，忽然指著池的對岸，像孩子般天眞地笑喊著：

「你看！你看！全茂在那兒哪！」

我尋著她手指的方向看去，原來，隨後而來的外子，正在對岸專注地寫生。我們興奮地和他招手，他彷彿早就看到我們似地舉起簿子回應。我擔心地朝母親說：

「哇！該不會已經把我們嘔氣的樣子全畫入本子裡了吧？」

於是，聰明的母親提出了具體改善之道，說：

「那麼！從現在開始，我們是不是應該擺出笑容讓他畫呢？」

我們齜牙咧嘴五分鐘後，外子繞過池邊，向我們展示了手中這張「花枝」招展的畫作。媽媽惆悵地說：

「根本完全看不到我們的表情嘛！」

——原載二〇〇一・三《幼獅文藝》

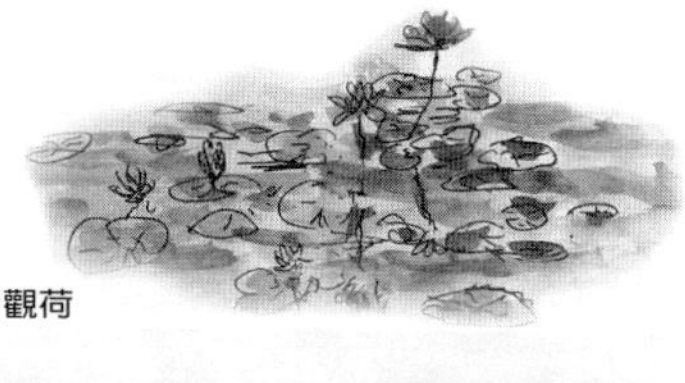

輯三

自娛娛人

等待

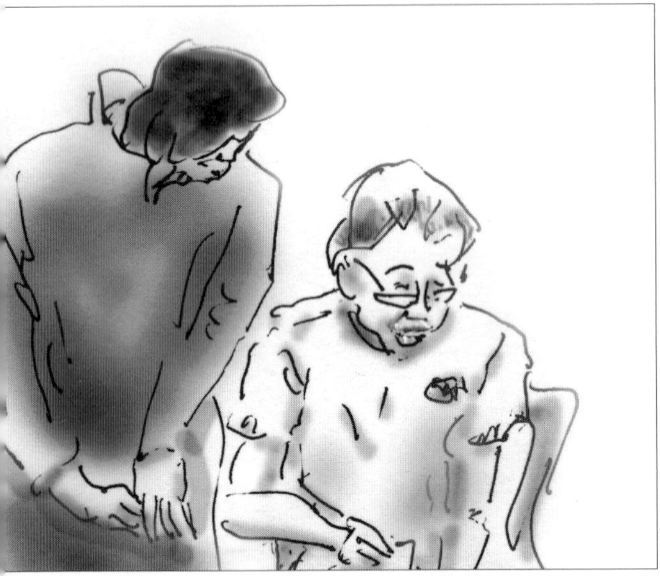

接連三天，原先病情稍有起色的母親，突然在黃昏時分產生激烈的不適反應。每回約長達十分鐘左右，坐也不是、躺著也不舒服，整個人像失了魂魄似的。事後問她到底是哪裡不舒服？她茫然以對，只說：

「眞歹講！不過，我總算知道爲什麼有人痛苦地想要跳樓了！」

大吃一驚的我，苦苦思索，不得要領。揣測可能是她老人家住院時爲了各項檢查，抽血過多，以致貧血。經常出入醫院的她，再不肯爲此延醫，我只好在飲食上多加費心。第四日，接近黃昏時刻，爲了解除母親的疑慮，我刻意和她談笑，以轉移她對身體的灼灼注視。時間逐漸逝去，眼看母親似乎被逗得忘記了病痛，而我的話題也幾乎到了難以爲繼的地步。這時，母親突然如釋重負地笑起來，說：

「啊！好了！可以去做飯了！時間過了，好佳在，今天總算沒有發作！」

原來！我們同時都在等待！

——原載一九九九・九・廿八《自由時報副刊》

塗改山水的男子

畫作聯展開幕酒會過後的第六天，男子突然提著大口的黑色旅行袋到會場來，逕自拉了一把椅子、直直走到自己正展出的油畫作品前，打開旅行袋，從裡頭掏出一只類似工具箱的顏料盒及調色盤，抓起一支大刷子，當眾改起

畫作來了！

從來沒見過此種景觀的觀眾都齊齊大吃了一驚！紛紛過來圍觀。畫作業已裝裱且高懸供人觀賞，卻猶不肯罷休地再三修改，正所謂「愛好由來下筆難，一詩千改始心安」，把「詩」字改爲「畫」字，庶幾近之。

據這位名叫「吳木生」的畫家表示，他的朋友在參觀過畫展後，曾給他一些具體的建議，他思之再三，等不及畫展結束，便決定從善如流地更正！他細細地在太魯閣的溪流中加陰影、在石頭上強調色彩，每勾勒一筆，便退後幾步，一邊偏著頭端詳，一邊請教身旁的同好：

「這樣有沒有好一些？」

終於！他滿意地收拾起工具，揹起旅行袋，匆匆往下一個行程趕去！

——原載二〇〇〇・九・廿九《中央日報副刊》

黑衣吹笛人

元宵節的夜晚，中正紀念堂四周，張燈結綵，好不熱鬧。住在附近，看燈、觀戲、聽音樂，無一不便。然而，有一得必有一失，老天爺畢竟是公平的！外子和我不堪吵雜的各色聲浪侵襲，索性放下手邊的工作，一起看燈去。

人潮實在太擁擠了！走不到幾步路，我們便打消在周邊亦步亦趨隨人潮前行賞燈的念頭，乾脆直入紀念堂內看主燈！仍然是萬頭鑽動的場面，仙女棒閃爍著亮晃晃的光，小孩頭上戴著一閃一閃的長條形髮箍，手提的小燈籠以各種的造型出現。廣場上，一群人，無分男、女、老、少，正仰著脖子放天燈！不時地，還聽到尖銳的驚叫：「天燈著火了！」這時，人群便向四方逃散，以躲避落下的火團。

摩肩接踵，人人都情緒高昂！笑的笑、叫的叫！忽然，眼前出現一片顯得稍稍空曠的地方。空曠處的正中間，一位黑衣人端坐著，大大的斗笠拉得極低地遮掩著，吹著極悲愴的曲調，和周邊的熱鬧顯得十分不諧調，卻讓人聞之迴腸盪氣！每一位從他身旁走過的人都不由得放低說話的音量，甚至唯恐褻瀆般地摒氣凝神。樂聲歇息，有人躡手躡腳走向前，在吹笛人前方的缽子裡投下鈔票或錢幣。吹笛人並不理會，擦了擦吹嘴，接著，姿態不改地逕自又吹起了另一首曲子。後來，我發現他只不停重複兩首曲子。不過，每次都全神貫注，一些也不馬虎。他每吹奏一首完畢，周遭便有人拚命給他鼓掌！

一會兒，一位約莫七歲大的小男孩拿著一枚五十元硬幣走向前投入缽內。突然，正對著吹笛人，趴下身去，藉著缽邊的一盞小燈，側頭窺看吹笛人的臉！吹笛人旁若無人，依舊低頭繼續吹笛。小男孩看了許久，似乎也和他說了些什

麼，因爲周圍太吵雜了，一點也聽不清楚。小男孩終於滿意地起身，拍拍膝蓋走開。不知道他到底看到了什麼？又說了些什麼？外子和我都很好奇。

主辦單位宣佈主燈即將開始點亮，所有人都將眼光掉轉。我笑著悄聲和外子說：

「或者我們應該未雨綢繆，先練兩首哀感頑豔的曲調。將來若是難以維生，便找個熱鬧場所吹奏。當然！我會如法購置大斗笠一頂來遮掩！你放心好了。」

——原載二〇〇〇・七・廿八《中央日報副刊》

強悍

隔了幾戶人家的中藥鋪子，不時傳出吆三喝四的聲音。精明幹練模樣的老闆張伯伯，鎮日飛揚跋扈！不是罵他那看起來十分溫柔、乖順的女人，就是拿店裡的小徒弟撒氣！三不五時，還和上門的顧客臉紅脖子粗地吵架。張伯伯元氣淋漓的強悍模樣，給我的感覺，彷彿沒什麼難得倒他、整個世界就在他的掌控之中！

一夜，緊鄰藥鋪子的二樓，驀地傳出火警！先是濃煙密佈，緊跟著火舌在短短時間內竄出。嗚笛的警車在尖銳的呼喊滅火聲中急馳而至。左鄰右舍全驚嚇得奔出屋外！我發現僅著內褲的張伯伯跑出廊簷外，嚇得直打哆嗦！他那嬌小沈默的妻子，卻意外地顯示了高度的危機處理能力！她披散著頭髮，一邊不畏即將延燒到他們家的火舌，在屋裡屋外來回搬運著店內的藥材；一邊還鎮定地指揮著孩子跑到安全的巷道。回頭看到愣在一旁的丈夫，大聲喝叱：

「看啥！還不趕緊穿衫！緊來幫忙搬！」

那年，我才十二歲，卻因此了然男人的強悍原來只是裝腔作勢，既當不得真，也倚賴不得！

——原載一九九九．十一．廿六《自由時報副刊》

自娛娛人

青年公園裡，下棋的下棋，散步的散步。觀魚、慢跑、放風箏、唱卡拉ＯＫ……黃昏的公園，人聲鼎沸。樹蔭下，三位男士非常投入地陶醉在自己拉奏出的旋律裡。小型電子琴、小提琴和琵琶默契十足地協奏，一首首時下流行的歌曲旋律便在眾人的掌聲裡陸續被演奏。後方一位頭戴帽子的女士，不知是三位演奏者之一的親朋，抑或和我們一樣，僅是路過的聽眾？她端坐一旁，時而輕聲哼唱，時而熱烈地拍手，若有人給予演奏者讚美的品評，她還會像親屬般回報善意的微笑！

實在不敢相信是一個經過刻意組織的團體，就由樂器的搭配來看，也絕無這樣的可能。比較像是各自帶著樂器前來公園練習，抑或隨機尋找搭檔，我們居所附近的中正紀念堂便常有人帶著胡琴爲喜愛清唱京劇的陌生朋友拉琴。可那眉眼間的默契卻又像是熟識，我四下張望，並無讓滿意的觀眾投下錢幣的盒子或帽子，顯然這樣的演奏純然是自娛娛人，並無謀生的企圖。

三個人的年紀似乎和所持的樂器形成奇異的反差。年長者反倒演奏著相形之下在台灣較爲年輕的小提琴及電子琴，那位不過二十歲左右的年輕人，則老氣橫秋且一本正經地撥

弄著古老的琵琶！後方的小屋是一間販賣飲料零食的小店，不時有人進進出出。每一進出之間，就有人信步踱了過來觀望並聆聽。三個人似乎並不怎麼在意觀眾的反應，各自暢快淋漓地浸淫在自己的快樂裡。

遠處的卡拉ＯＫ，聲勢壯大，咿咿呀呀的嗓音，直逼到這個角落。這邊的歌曲演奏正好告一個段落，拉小提琴的老人放下頂在下顎的琴，皺著眉頭嘀咕著：

「奇怪！好好的歌，哪會唱得那麼難聽！眞是糟蹋人啊！」

——原載二〇〇一．二．廿三《中央日報副刊》

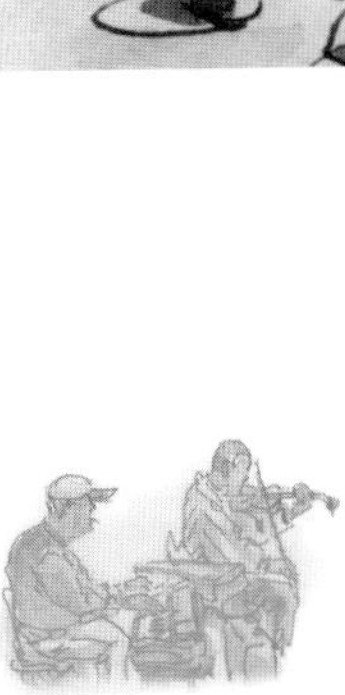

一片減肥聲

不知從何時開始，周遭突然出現一片減肥聲。運動、節食、計算卡洛里、藥物控制……各式各樣的方法，應有盡有。轉瞬間，發現人們對自我的滿意度原來如此之低！儘管平日聊天之時，如何會「膨風」的人，一談到身材，幾乎人人有怨言，個個不滿意！胖子固然亟欲瘦身，有些明明體態適中的男女，也覺肌肉分佈不均，該凸的部位偏平、該瘦的部位又偏偏堆積了大量的脂肪！一位有段時間未謀面的朋友F，忽然意外地以極爲窈窕的姿態出現！在一片驚訝的讚嘆聲中，這位朋友神祕且靦覥地透露她正在進行減肥！飯桌上，眾人顧不得一道道色香味俱全的山珍海味，急忙虛心向F討教。聽說F一口氣瘦了六、七公斤，我在心裡作了簡單的減法，發現這個數字對我急切地招手！我羨慕地吞下口水，想像自己恢復苗條後的驕傲！我發現F吃得很節制，人瘦下來後，連吃飯的姿態都變得優雅。後來才知道，除了固定的一

碗菜、飯的量之外，還得靠藥物加以控制，我不免微微感到失望。在我的認知當中，一切過度違反自然的作爲都具有某種程度的副作用！可是，F卻說：

「感覺並無任何不適！精神也很好。除了因爲平日很少吃藥，所以一想到必須吃藥就感到痛苦之外，一切都沒什麼異樣。」

一位一向具眞知灼見的朋友R，權威地推論：

「藥物應該是負責燃燒堆積的脂肪，可能在脂肪燃燒殆盡之後，只要靠飲食節制便能奏效了！」

F那日並無化妝，卻顯露出極好的氣色，再加上R的這番聽起來頗具說服力的推理，當下就有人抄下了醫生的電話，準備向美少女的行列進軍。

隔了幾星期，F的丈夫S也以空前英挺的姿態出現。目眩神迷之餘，我們不由得讚嘆醫生的妙手回春。誰知，S竟說：

「我跟我太太採行不一樣的減肥方式，我不看醫生、不吃藥，我只吃減肥餐！」

只吃減肥餐竟然有這麼大的功效！讓在座的朋友聞之精神大振！紛紛請S傳授菜單。我湊過去一看，不禁大失所望！或許它眞是一種比較健康的減肥法，可是，難度卻高多了！裡頭的食物，如第一天的晚餐是：火腿肉兩片、四季豆十條、小番茄十顆、蘋果一顆、養樂多一瓶加上茶或黑咖啡，對我而言，吃這樣恐怖的晚餐，乾脆一頭撞死算了！幹嘛苟活！簡直是草菅人命！可是，S說：

「這樣的減肥餐一星期只要吃三天，接下來的四天就可以不受限地隨意吃。不過，因爲很珍惜減下來的體重，所以，也不會毫無節制！體重自然就控制下來了！」

聚會完畢，S挽著F的手，邁著輕盈的腳步離去的背

影，刺激了許多人！於是，減肥開始不再只是一種口號，紛紛落實爲一項行動！

我心情矛盾！不知該不該加入減重行列！經過一番猶豫後，決定先一探究竟。我按址尋去，不禁大吃一驚！一屋子的「楊貴妃」見證了台灣經濟的繁榮，我那還不到六十公斤的體重真是小巫見大巫！放眼看去，除了神情愉悅的醫生外，一片焦慮的眼神！醫生對著眾人侃侃而談：

「三十歲以下的

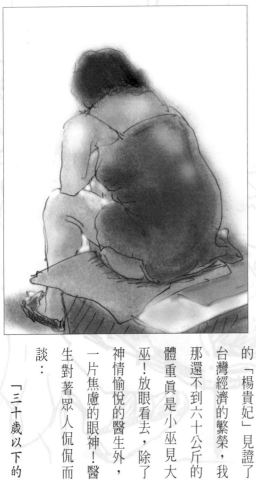

單身女子，體重超過四十九，講話就沒辦法大聲！逮不到帥哥、找不到好工作！」

我環顧四周，所有人都顯得更焦慮了！我轉念安慰自己：

「五十歲的女人！快從工作崗位退休了，丈夫也跑不動了！我怕什麼！跟人家瞎起鬨，減什麼肥！」

像孔雀般，我抬高了下巴，昂然地離開。

回到家，打開電視，徐若瑄從螢光幕中跳出！我朝兒子說：

「哼！像這種身材有什麼了不起！媽媽年輕的時候也不比她差……」

兒子轉身打量了我一眼，聳聳肩，繼續將眼光調回螢光幕，什麼話也沒說。

——原載二〇〇〇・十・七《台灣日報副刊》

年終摸彩

十多年前的一個冬天，朋友邀請我們去參加他們公司的年終聚餐。當時，我帶著還是稚齡的兒女及外子前往。去到聚餐地點，才發現原來另外安排有摸彩活動。我隨即惱恨自己雖已年高，卻不諳人情世故，只以「兩串蕉」出現。摸彩活動和餐會同時進行，我邊吃飯、邊懊惱思慮不週，卻也無可奈何。可怕的是，大夥兒殷殷期盼的特獎在高昂的氣氛下揭曉：居然是我！不假思索地，我像剛揭曉的中國小姐一樣，在滿場嫉妒羨慕的眼神裡，裝出不可思議的表情含淚接受。當時，我已在大學任教多年，照說應有起碼的風範，也知道此時若大方地將特獎的火鍋放棄並讓大夥兒重抽，不但是偃息眾人不滿的良方，亦是重塑形象的轉機。只是，自我有知以來，一直在類似的場合，都只抽得一盒肥皂的「幸運獎」，從未有過特獎的好運。因爲過度興奮，以致稍一踟躕，便錯失了樹立良好長者姿態的良機！其後，有一場籃球賽上場，外子興匆匆地參加。回家之後，告訴我，他被在場的球友重重踹了一腳。他懷疑可能是我的那個特獎惹下的殺機！

「一家四口沒有帶任何禮物前往，卻將特獎搬回，難怪引起公憤。」外子和我，越想越難爲情。

其後，每個冬日，全家圍爐吃火鍋，孩子們總要將那年抽到特獎的幸運重加回味一番，而外子和我的悔恨情緒也跟著反芻一回，深覺自己未免猥瑣！詭異的是，從那以後，我們好運連連！一連多年，在各式的年終摸彩活動中都擺脫香皂的宿命，連連向三獎、四獎進軍。每一次得獎，總觸動我們不足爲外人道的心事！或者因爲對那回小器行爲的反動，我顯得格外闊綽大方起來。有一回，抽中了一台置放錄影帶

的乾燥機，我竟然也不假思索地微笑捐贈出去。回到家裡，看到張著嘴沈重地呼吸著潮濕空氣的一排排錄影帶，不禁悲從中來！悔恨交加。不僅如此，還和已當上高階主管的外子相互勉勵切磋這種必須捨得才能贏得尊敬的道理。儘管看似慷慨大方，其實私心裡仍有著不足爲外人道的莫名遺憾。因此，每回儘管已將禮物捐出，卻仍對送出卻未拆封的禮物百般猜測；再不然就是對參與聚餐抽獎歸來的外子糾纏著盤問送走了何物？如果是價值較高的禮物，則不免怨嘆欷噓一番！總顯得心有未甘。

一回，外子聚餐歸來，輕描淡寫地說他將一台頭獎的咖啡機捐出！我

不禁勃然大怒。雖然他一再強調不過是一台普通的咖啡機，而類似的機器，我們家裡已擁有兩台。但是，在百貨公司電器部門逡巡已久的我偏不信！堅持頭獎必有屬於頭獎的尊榮。我將它膨脹想像成一台磨豆、烹煮一貫作業的大型全自動咖啡機，以致越想越悲痛！沒想到當年的一次小器，讓我每年都輸掉了可能的榮華富貴！

這個故事給我們的啓示是：「一失足成千古恨！」無論如何，都得謹言慎行！

——原載二〇〇〇・八・十八《台灣日報副刊》

溫柔

兩人一間的病房裡，母親沈沈地睡著了。鄰床的歐巴桑忽然激烈的咳嗽起來！她的丈夫從房外的走道上小跑步進來，大聲問：「哪會安捏！」接著搖起病床、把枕頭拍鬆了墊在病人的背上、並爲太太順了順胸口。仍咳嗽不止的太太示意還是躺下去好些，男人又彎下身去，搖下床墊，將枕頭擺就位。有一點粗手粗腳，卻又流露出某種程度的熟悉。一個下午，我坐在角落，靜靜地看著男人不斷地重複著爲太太搖床墊、取枕頭、順胸口及覆上呼吸器的動作。

他們的女兒踏進病房來探視時，男人正在大聲斥責不聽話地取下呼吸器以致激咳不止的太太。女兒氣急敗壞地說：

「爸爸！你就不能對媽媽溫柔一點嗎！」

溫柔？我心裡一動！怎樣才叫做溫柔？突然，母親在此時張開了眼睛，氣息微弱地說：

「查脯人攏嘛係安捏！沒好聲嗽！恁老爸活著的時陣，嘛係共款！」

——原載一九九九・十・廿一《自由時報副刊》

節外生枝

年終歲暮，爲了償還各項的債務，埋首在電腦鍵盤上，忙得抬不起頭來。偶然間，聽到陽台上的小鳥嘰喳的叫聲，尋聲望去，見一隻小藍鳥在綠意盎然的枝葉間

輕快的跳躍，我抬起的頭就再也不肯俯下了。

客廳裡，坐了十餘年的黑色皮質沙發，老早就看不順眼，這時，厭煩的感覺就越發嚴重了，幾乎是一分鐘也無法再忍受。我建議擇期不如撞日，就趁著意念強烈之時，馬上行動，通知環保局相關單位先行將它取走！以強化購買新沙發的行動。外子是個謹言愼行的人，當下表示一切得從長計議。他的理由是：

「還是等新沙發買了，再淘汰舊的。免得一時沒看中中意的沙發，只能席地而坐。」

幾年來，因爲舊沙發盤據著，一直非常挑剔地選擇著未入門的新貨，因爲有恃無恐，以致於始終無法汰舊換新。這回，我絕不再上當了！我堅持去惡必盡。老計謀未能得逞，外子於是另覓蹊徑，他轉而動之以情：

「現在這麼不景氣，失業的失業、跳樓的跳樓，大夥兒

過活都不容易，把這套好端端的沙發丟棄，未免浪費！」

我才不依！辛苦了一整年，日子過得像不停打轉的陀螺，只不過買一套沙發慰勞自己的辛勞，還要和社會的不景氣掛勾！這是什麼奇怪的邏輯！外子拗不過，只好悻悻然打電話去。

環保局的效率眞高，第二天便將舊沙發清理走了！我的效率也不差，新沙發接踵而至。一張毫髮無損的舊茶几，在外子的堅持及我的妥協之下被保留下來，置放兒子的房裡。爲了懇請兒子接受那張舊桌子，我們將兒子的房間裡裡外外都重新布置了一番。鋪上新桌布，擺上既新且溫暖的落地燈。一切就緒，我站在房門邊游目四顧，說：

「如果能再把那張椅子換掉就非常完美了！換張低一些的小沙發，才能搭配那張茶几！……」

話沒說完，外子急急插嘴：

「好了！千萬別再節外生枝！經濟不景氣的年代，一切以簡單樸素爲原則。」

新沙發花了我們不少錢，我也不敢再爲兒子請命，只好訕訕然閉嘴。

兒子從軍中回來度假。接過行李的外子，興匆匆地領著兒子進他屋裡。幾乎是無法置信地，我聽到外子以幾近諂媚的語氣朝兒子說：

「你看！這樣的布置還不錯吧？我們打算把這張高椅子換掉，你趁假日去挑一張自己中意的小沙發來搭配。這樣，坐起來就很舒服了！你可以邊喝咖啡邊看書哪！你看！多好！……啊！若是桌巾不滿意，也可以考慮再選購一條……」

——原載二〇〇一·一·十二《中央日報副刊》

外遇

從午睡的昏瞶中被驚醒！她衝到客廳，取下震天價響的電話鈴，電話的那頭傳來哽咽的聲音，聽得不太眞切。她將電話換到另一隻耳朵上，再次地辨識來人！裡頭的人索性嚎啕起來，邊哭邊說：

「是我啦！清音啦！……仁遠有外遇了啦！怎麼辦？」

怎麼辦？這麼大的事，一時怎能胡亂出主意？電話裡，清音哭得幾乎斷了腸！她也問不出究竟。於是，她一邊軟語安慰傷心人，一邊決定殺到朋友家裡，當面問個明白。

想到清音肝腸寸斷的模樣，她來不及梳妝打扮，只胡亂用濕毛巾抹了一把臉，便急急趕到清音家裡。按了門鈴後，出現在門後的清音，讓她吃了一驚！以爲定然兩眼紅腫、披頭散髮的她，居然是一張經過精細化妝過後的臉！更不可思

議的，清音竟然還喀吱、喀吱地咬著一只蘋果！絲毫沒有電話裡歇斯底里的悲痛。一時間，她不禁開始懷疑方才的電話或者只是一場夢的延續。原來，她急慌慌地，是來趕赴一場未完的夢？

坐定之後，清音塞進最後一口蘋果，含含糊糊地說明：

「今天早上出門後，忽然想起遺忘了即將拜訪的朋友的地址，遂匆匆回來！因爲不知丈夫出門了沒，遂以鑰匙自行開門進去！進到臥房，看到丈夫倉皇地放下正打著的電話，不自在地走到客廳。那一剎那，我從丈夫的眼底讀到了外遇被識破的驚慌！」

「有聽到任何談情說愛的言語嗎？」她追問。

「那倒是沒有的！只是，以多年夫妻的直覺，我判定這樣的猜測八九不離十！根本不需要任何言語佐證，肢體及容顏已率先做了招認！」

「仁遠承認了嗎？」

「仁遠又不是傻瓜，他哪會承認！」

「無憑無據地，你就這樣判定？並且哭得死去活來？」

清音完全不似電話裡的六神無主，她斬釘截鐵地肯定外遇的可能，甚且對丈夫外遇的結果也好似做了萬全的準備！她完全無法理解眼前這麼個心思篤定的女人，何以在午後的電話裡用軟弱的哭泣嚇得她魂飛魄散！她感受到似乎被愚弄了，因之微微有些不開心！清音沒察覺，兀自誇耀著自己的未卜先知！並警告她：

「你也別太放心！你丈夫的公司裡，美女如雲。你若是不稍加提防，小心落入和我一樣的困境！」

她有些不高興！清音自己神經過敏，還要拖人下水！她奮力地為先生辯駁，斥外遇之說為無稽！兩人因之不歡而散。

先生下班了！她發現自己居然開始冷眼旁觀著男人的一

舉一動，彷彿想從中找到外遇的蛛絲馬跡！她隨即爲自己的多疑感到汗顏，卻又不由自主地找到若干疑點！譬如：一向寡言少語的丈夫忽然熱切地說了個笑話、一向像個大男人般被伺候慣了的他，居然幫忙擺碗筷！莫非作賊心虛？夜裡，她潛進浴室，翻出丈夫換下的白襯衫，赫然發現領口好似有清洗過後的跡象，是因爲沾染了不該有的唇印？……莫非清音已聽到了什麼風聲，所以，前來跟她示警？她心亂如麻，一夜輾轉，不得好眠！

次日，好不容易捱到丈夫出門。她拿起電話，壓抑的情緒不禁傾洩而出，她對著電話那頭的清音，歇斯底里的哭訴：

「是我啦！……你說得不錯！我先生眞的有外遇了啦！這下子我該怎麼辦啦？……你早就知道的，對不對？爲什麼不早告訴我？……什麼證據？要什麼證據！結婚快二十年，我還不能相信我的直覺，那我那配作太太！……」

——原載二〇〇〇・九・廿七《台灣日報副刊》

另類

臨時搭建的靈堂理直氣壯地盤據在巷道間。親戚朋友扶老攜幼，陸續到來。掛著悲戚表情的臉孔，在相互聊天過程中，不時忘形地展開笑靨，隨即又警覺地將笑容硬生生地摘下。

或者是家屬，或者是受委託前來錄影的工作人員，在人群中穿梭著搬運機器及架設著什麼。沒多久，一面迎風招展的白色布幕赫然在靈堂的對面被高高矗立起來。沒有舞臺的布幕，立時被排除歌舞助興的可能。

「難不成送葬過後，要舉行電影欣賞活動？」賓客們紛紛在心裡揣測著。

透過麥克風，非職業的司儀宣佈告別式即將開始。賓客霎時停止了竊竊私語，同時把頭轉向司儀站立的靈堂方向。

靈堂上方，年老的死者照片，以惡作劇般的笑容俯視眾生。傳統的儀式，循序進行。家祭之後，公祭隨即上場。眾人捻香行禮過後，司儀高喊：

「家屬答謝！請各位親戚朋友轉身看後方的白色布幕！」一陣錯愕過後，眾

位賓客莫知所以地紛紛聽話地轉過身去。這時，白色布幕上突然出現了死者王老先生碩大的身影！親戚朋友中的一些女眾被這不尋常的身影嚇得驚叫出聲！王老先生卻一些也不受影響地在高處微笑彎腰行禮，且慢條斯理地開口道：

「各位親戚朋友！大家好！感謝各位這尼無閒，還撥時間來參加本人的告別式！我在這，向各位表示我十二萬分的感謝。我添財也，一生尚愛鬧熱。眞可惜！在今日這尼重要的日子，無法度親身來向大家告別！但是，各位的光臨，實在使我極歡喜咧！我雖然過身囉，恩望各位常常帶念咱過去的交情，過來厝裡行行咧，給我的後生多多指教，也時常來和阮某阿稠仔講講咧。安捏，我死嘛無啥米遺憾囉！……擱一次，感謝你的光臨！多謝！多謝！歹勢！一定乎恁驚一著！請原諒。歹勢！歹勢！……阮後生買的V8，我先試用看邁咧……」

原本因爲光線之故就色彩輕淡的影像，在搖幌的布幕間逐漸隱去，終至完全變成一片空白。所有的賓客，在一陣驚嚇的靜默過後，突然似瞬間醒轉般騷動起來！

——原載二〇〇〇・一・廿九《自由時報副刊》

過招

定期來清潔屋子的美麗，毫無預警地失蹤。塵灰飛揚的城市，家具急遽蒙塵。習於每隔幾天便有人來打掃的家人，袖手坐在白茫茫的屋子裡，唉聲嘆氣地感嘆環境污染、人心難測，甚至不斷地揣測美麗何以不告而別……，就是沒人捲起袖子，拿起吸塵器或抹布來企圖改善！最容易被差遣的女兒出國去了，爸爸看著懶洋洋的兒子和義憤塡膺的妻子，覺得絕望。嘆口氣，開始自行動手。

幾次下來，良心已泯的兒子，仍舊早出晚歸、視若無睹。妻子在和推著笨重吸塵器的丈夫玩過幾回左躲右閃的遊戲後，很羞愧地和汗水淋漓的男人懺悔道：

「我從小就懶！能站著，絕不走著；能坐著，絕不站著；能躺著，絕不坐著……，眞的很懶、很懶！之所以念到

博士學位，全是被逼迫的、不得已。不像你，眞的很主動、很勤快！我好佩服你哦！你是怎麼做到的？」

被灌了迷湯的先生可沒因此陶陶然地失去理智。他放下吸塵器，也誠懇地讚美道：

「你也相當不錯呀！至少你具備了強烈的反省能力呀！……。既然知道反省，那就好辦了！只要奮力改進就行了呀！」

太太雖盤坐在沙發上，像一株推不倒的大樹。卻以極低的姿態悔過道：

「我的自省能力雖然很強，可惜執行能力很差哪！這件事，依我看，還是得多偏勞你了！……像我這麼個不是個玩意兒

的懶人，能嫁給你這麼好的男人，眞是前輩子修來的福氣呀！」

男人賊賊地立刻加以回報道：

「我那有你說的那麼好！我不過是看不下去罷了！剛跟你結婚時，你不是也挺勤快的，成天跪在地上，用抹布擦地！你就把昔日的精神拿出來一些就很好啦！」

女人更謙虛了！不惜自毀名譽地揭發自己的短處，說：

「我這人只有三分鐘的熱度，早在美麗來清潔之前，就已經心餘力絀！我就一直很佩服你的耐心，即使是對待太太的無理要求，也從頭到尾和顏悅色，眞是不簡單呀！我就怎麼也做不到！眞糟糕！你實在太厲害了！」

被恭維得一籌莫展的丈夫，決定使出撒手鐧，建議她：

「其實，你最近有些發福，應該多運動，才能保持輕盈體態。你就算不爲這個家，就爲自己的美麗，也該動動手吧！」

太太仍舊穩坐如泰山！悠哉游哉地說：

「上回你不是說，胖子有胖子的可愛，如果我不幸發胖，你也會用另一種審美觀來看待我嗎！叫我不用減肥……何況，聽說運動和勞動還是有很大的差異哪！用勞動減不了肥的！專家說的。說眞的！你的身材眞好，你是怎麼做到的？眞叫人又羨慕又嫉妒吶！」

這回，男人被說得鬆懈了警戒，不禁沾沾自喜起來。站到鏡前，左顧右盼，說：

「是呀！去那裡找這種好身材！對不對？我那些同學哪個不是胖得成了『中廣』公司！」

說完，繼續努力操作吸塵器，所有的辛勞彷彿都被忘得一乾二淨！

——原載二〇〇〇・一・八《自由時報副刊》

等涼快點再說

天濛濛亮，她翻身躍起，發現男人已不在床上。起始還當他起得早，尋遍家裡的每個角落，從蛛絲馬跡尋索，方才知道大事恐怕不妙——男人竟然破天荒地一夜未歸。兒子、女兒全被她從酣睡中搖醒。昨晚，因爲白日的工作勞累，早早上了床，竟不知男人沒回家的事。全家人都被嚇著了！分頭打電話至各警察派出所詢問有否收留過路倒的老男子，並一一查詢鄰近醫院的急診部。都沒有男人的消息！

她交代女兒在家守著電話後，和兒子各騎上一輛腳踏車，分頭出門。滿街打轉，不得要領！她東瞧西看的，到男人可能出沒的地方察看。七轉八轉地，從丈夫的一位棋友家門經過，躊躇了半晌，不好意思一大早敲門，便在門外輕聲喊著丈夫的名字。沒料到，眞讓她叫出人來了！丈夫從掩著的門裡走出來，一臉疲憊。她

到哪兒去了哪！」

男人姿態極低，赧然回說：

「下棋下晚了嘛！我贏的時候，老張不放人！他贏的時候，我不甘心就走！兩人就這樣下來下去。想到該打電話的時候，都半夜了。估量著你們都睡了，怕吵到你們，就算了！沒打。對不起啊！」

她思及剛才的害怕與慌張，不禁來氣！顧不得齜牙咧嘴跟著出來賠罪的老張，破口大罵：

「對不起就行了啊？年紀一大把，眞是越活越回去！這樣的事也做得出來！眞虧你，平常還有臉教訓孩子，分明是惡性遺傳！……」

因爲遷怒，她連正眼都沒瞧老張，逕自怒氣沖沖地騎上車子回家！

她前腳進門，男人後腳跟著回來。兩個人都臉色鐵青，情緒惡劣。平常個性溫和的男人，忽然一反常態的，也跟著發起火來！大聲地說：

「殺人也不過頭點地！一輩子奉公守法，就犯了這麼個錯，又怎樣！又不是故意的，已經道歉了，還不成？當著老張的面，不給一點面子！拿我當個孩子一樣痛罵！你以爲我是你兒子呀！」

讓全家人虛驚一場，還振振有詞地發脾氣？她管不住中燒的怒火，發飆道：

「捅了這麼個大樓子！還不讓人家說！這有什麼天理！一整晚不回來，這還算是個家嗎？既然不讓人管，乾脆離婚算了！」

男人也不甘示弱，粗著脖子回說：

「離就離！誰不知道你早就想著離婚，我乾脆成全你。房子、車子還有孩子都歸你！這下子你可稱心如意了吧？」

整個事件活脫是八點檔連續劇的再版，連對話都熟溜得像是演練過多少次似的！男人那麼乾脆，倒是始料未及！她沒準備接下去的台詞，一時有些語塞。可又不想示弱，只好乘勝追擊：

「好呀！既然你那麼慷慨，我就恭敬不如從命囉！現在就請你搬出去，馬上！我不想再看見你。」

男人沒料到自己逞一時之快，居然將事情搞到幾乎無法收拾。他愣了一會兒後，慢條斯理地回答：

「我會搬的，你放心！……不過，現在天氣實在太熱了，等涼快點兒再說吧！」

說完，一溜煙地閃進臥房內！原本一臉緊張的兒子和女兒驀地忘形地大笑起來！她啼笑皆非地嘀咕著：

「眞是老不修！越來越不要臉！」

——原載二○○○．七．廿九《台灣日報副刊》

買賣

百貨公司女裝專櫃，人潮滾滾。玻璃櫥窗上，黃底黑字，龍飛鳳舞的行書寫著：

「買五千元以上，送名牌小皮包一只。」

一位中年男子陪太太在店內挑選著。太太試穿了一件，在鏡子前，左右擺弄著姿勢，猶豫著，拿不定主意的樣子。店員技巧地慫恿著：

「這件衣服穿上去，讓你看起來瘦多了！又顯得有精神。你的運氣不錯，正遇上我們公司難得的大打折。我們公司的折扣一向不會超過八折，這回，一下子就是對折，你買一件就算賺一件！這件衣服是新裝，本來是不打折的。算你走運啦！原來一萬兩千塊的，打下來才六千一。超過五千元，又附贈名牌皮包一個哪！你不買就眞的虧大了！」

站在一旁的男人露出不屑的表情說：

「什麼名牌的皮包！一個值多少錢！」

店員取過皮包，翻出標籤給男人看，並急急辯解：

「當然是眞的名牌！不信你去問問，原來少說一個也值一千多塊的！」

男人認眞地再次徵信：

「有這麼值錢嗎？一個要一千多元。」

店員以爲男人被說動了！信誓旦旦地說：

「當然啦！我們公司是做信用的，敢騙人嗎！又不是流動攤販，賣了就

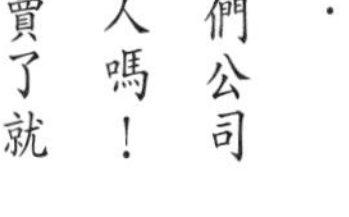

跑！不會騙你的啦！你放心啦，至少値一千兩百元！」

說完，還壓低了聲音補充：

「皮包已經沒剩幾個了，送完就不再送了，你們的運氣眞的很好哪！要買就要快。」

已經換下衣服的太太似乎被說動了。正要掏錢，男人攔住她，跟店員說：

「好！皮包既然值一千多元，你就折價在衣服上給我們好了！反正，你們正缺貨，而我們要這皮包也沒什麼用！你留著送別的顧客。價錢是你自己說的，我也不爲難你，不必到一千二，只扣掉一千元就好，皮包你留著送別人！」

店員瞠目結舌，只苦笑著，結結巴巴回說：

「沒有人這樣的啦！……怎麼有人這樣！

先生別開玩笑啦！」

「我不是開玩笑的！既然你們公司是個正派經營的公司，當然要照顧到顧客的需求囉！是不是？你們應該不會強迫送顧客一些他們不需要的東西吧！價錢是你自己開的，我的要求應該不算不合理吧？」

店員氣了！不理他，背過身子，用台語嘟囔著說：

「生目睭沒看過這種人，哪會這尼番！攏講未聽！」

——原載一九九九．十一．九《自由時報副刊》

親愛精誠

兒子自行理個大光頭，昂藏地服預官役去了。行前，信誓旦旦，絕不會有適應不良的情況出現：

「開什麼玩笑！憑我這樣的能耐，什麼事到我手上，還不立刻擺平嘛！兵來將擋，水來土掩！……懇親會時，若是沒空，你們也不必一定來看我啦！我自己可以打發時間的。」

話說得如此豪壯，讓我們頃刻放下心來。次日，在松山火車站送走了他，回到家，發現電子信箱裡，有一封他前夜廣發出去給親朋好友的一封E-Mail：

「當你收到這封信的時候，我應該已在前往成功嶺的路上。在當兵的前一夜，心情異常地平靜，腦中盤算著該如何斬斷與Stan Getz、Lisa Ono等人的孽緣，交這幾個朋友著實讓我花了不少錢。媽媽在客廳看著電視，爸爸照例東摸西摸地收拾著，我摸著早上剛出爐的大光頭，就這樣度過了最後的幾個鐘頭。不知道掛念著什麼，大家都不想先去睡覺，深怕遺漏、錯過了些什麼。」

不知怎的，看完了信的我，喉頭竟無端酸哽了起來。

兒子出征去的第二天，終於打回了電話。電話裡，他將所屬的聯隊、信箱號碼及電話告訴我們，然後，輕描淡寫地說：

「如果有空，可以寫信給我。星期天可以面會哦！」

第三天，電話裡的口氣，似乎沒了先前的豪壯，如果沒有聽錯，甚至還有點兒哀怨，好像有滿肚子的苦水。掛下電話前，不忘提醒：

「這個星期日就可以來面會，你們一定要來哦！」

第四天，他不再問我們是否前去，逕自片面決定：

「你們就載我的女友一起來吧！」

星期五的對話裡，滿滿是有關食物的聲音，好像從饑荒的肯亞打來的。星期六晚上，我們遵囑載著他的女友一起南下。下了高速公路交流站，在不甚熟悉的台中街道上轉來繞去，幾乎是望斷秋水地找二十四小時營業的肯德基和奶茶店，因爲兒子瘋狂思念起炸雞和珍珠奶茶的滋味，千叮嚀、萬吩咐，我們不忍讓可敬的革命軍人失望，希望能及時在次日清晨捧著香噴噴的食物去勞軍。

到了成功嶺，放眼望去盡是今之孝子（孝順兒子）！一位阿兵哥少說就有二至三位的眷屬前來探望，前往成功嶺的道路呈現咫尺天涯的景象，螞蟻雄兵般的探親者像一條蛇龍，其壯觀的程度眞是令人咋舌。在接待家屬的餐廳牆上，看到了斗大的四個字：

「親愛精誠」

我們不禁啞然失笑！這四個字彷彿爲這些不辭迢遞前來面會的今之孝子們的心情作了最佳的註腳：

「親愛的！我們對你很精誠。」

——原載二〇〇一・一・五《中央日報副刊》

思念

暑假，女兒遠從美國回來。回家的次日早晨，女兒踱到我們的臥房，問道：

「可以參一腳嗎？」

我們還來不及回答，她就急急跳到床上來，擠進她爸和我之間。

「快二十歲的女孩囉！還像永遠長不大似的。」

外子故意露出不以

爲然的表情，卻掩飾不住內心的欣喜。膩了一陣子後，外子起身做早點。廚房裡不時傳來「感恩的心」的口哨聲，輕快又愉悅。早餐桌上，我問：

「反常哦！怎麼一直吹口哨？」

女兒掩嘴一直笑。外子納悶地一連拋出四個問號：

「什麼？吹口哨？有嗎？我？」

兒子促狹地說：

「感恩的心哦！看不出來爸爸挺有音樂細胞的嘛！只是，爲什麼感恩？願聞其詳！」

外子尷尬地傻笑，女兒代替他回答：

「還不簡單！女兒回家，心裡歡喜，所以感謝上天呀！」

外子笑而不答，只顧左右而言他：

「你回美國的飛機訂的是十二號的，沒問題吧？你什麼時候開學？」

「十七號。」

「十七號！那你那麼早回去幹什麼！昨天三十一日，十二日回去，總共還不到半個月！搞什麼！」

我急急發難。

「那找旅行社看能不能改成十四或十五號的飛機吧！」

處於親情蜜月期的一家人無異議通過女兒延期回美的決定。於是，外子不厭其煩地去和旅行社交涉、糾纏。終於，拍板定案，就訂十四日才回去。

幾天之後，所有思念的話、甜蜜的語言全部說完了。女兒混亂的原形一點一滴露出馬腳，所到之處，望風披靡！柔性勸導過後，接著登場的是嚴詞批判：

「像你這樣亂糟糟的！沒把你美國的房東氣死，眞是奇蹟呀！」

媽媽身先士卒，率先說了實話。突破了這一個客套的關卡，往後的言論就容易多了，哥哥接著推波助瀾：

「你看你！成天懶洋洋的看那種沒營養的電視節目。你在美國鐵定也是一樣，聽說那兒的台灣連續劇不比這兒的少……」

「哪有！就是在那裡沒得看，人家才現在看嘛！」

爸爸也沈不住氣了！說：

「你不是說下學期功課很重嗎？不能現在先準備、準備嗎！」

女兒不高興了，回嘴說：

「人家是回來度假欸！有沒有搞錯！像到了魔鬼訓練營一樣！眞倒楣！」

媽媽看著一屋子髒亂，說：

「啊！眞是悔不當初呀！應該讓她提前走的！快！快！趕快再去改日期吧！改成九日就走吧！再不快走，我就要被

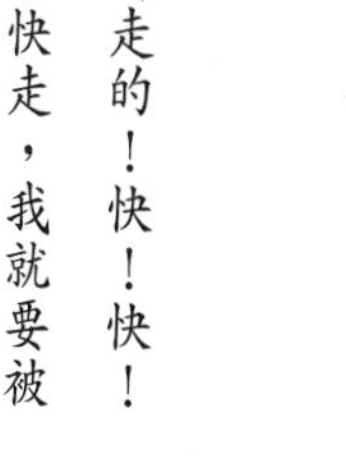

逼瘋了呀！」

女兒追著媽媽打，一邊撒嬌道：

「休想！你們再對我不好，我索性不走了！看你們還敢罵我嗎！還說想念人家！都是騙人的嘛！」

「還是走得遠遠的，讓我們思念比較好！」

這是除了女兒之外的其他三人的共同心聲！思念原來還得靠距離來維繫。

——原載一九九九・九・卅《中央日報副刊》

輯四

依依不捨

午後的造訪

閒聊時，不知怎地，談到小時候常去的那家租書店的老闆。母親說：

「啊！前幾天，才在台中往豐原的客運車上遇著他。扛著一袋的書，在潭子下車，應該還開著租書店吧！我也很久沒回去潭子了。」

我的情緒突然莫名地沸騰起來！說不出什麼緣由，就覺得非南下一趟、去看看他不可！自赴笈他鄉後，多年來，一直悠遊在文學的殿堂裡，我隱隱覺得和這家租書店的老闆脫不了干係。猶然記憶著他的形貌：魁梧高大，臉色紅潤。然而，母親說：

「老囉！背都駝了！不知是否被那一袋子書壓的？」

一個高溫的午後，我和家人專程驅車南下，去尋找那家租書店圓夢。憑著記憶，母親邁著蹣跚的步伐領著我們七彎八拐的尋索。潭子的街道已非昔日的光景，低矮的木造房舍一躍成爲逼人的高樓大廈。汗流浹背中，我們踱進「公廳巷」。我的心驀地狂跳起來！有一點類似近鄉情怯的感覺。陪我度過長長青澀年紀並餔育我文學養分的租書店！常在夢中灼灼出現，如今近在咫尺了！冷不防，母親在前方說：

「啊！應該就是這間了！」

我半跑著，順著母親所指的方向看去：鐵窗格裡，書堆得好高，層層疊疊地，幾乎無容身之處了。踏進門檻，右手邊的桌後，一位光頭的老先生正坐著打盹兒哪！我奮力地在記憶裡打撈，沒錯！就是他！儘管背駝了、腰彎了、人也瘦了！卻眞的是他！我的眼睛驀地濕了起來。被重重書籍包圍著的他，勾著頭歪坐，顯得虛弱委頓，完全不復記憶中的勇壯。喉頭一陣酸楚，我像是萬里尋親者終於找到了失散多年的親人，卻不知如何開口敘說思念！

老先生被陡然驚醒，一時之間，顯得幾分茫然。我用笨拙的語言期期艾艾地朝他說：

「四十年前，我不停地在你的租書店裡租書、看書，現在成了寫書給別人看的作者了！……心裡一直記掛著您。前些日子，聽媽媽說，曾在公車上見到您，我就下決心回來看看，今天終於如願！」

原先有些納悶的老先生，聽到這兒，不禁露出羞澀的笑容。媽媽在一旁補充：

「你還記得我吧？以前我一直跟你租書看的，這是我女兒！當時，她常常被我差遣來你這兒租書的。」

老先生忙不迭地點頭，輕聲回說：「記得！記得！……謝謝！謝謝！」

謝謝？我原是一路迢迢前來跟他道謝的，「謝」字尚未出口，怎麼倒讓他搶先說了？

書堆得老高，幾乎直達天花板。我問他，擺得這麼高，如何取書？他指著旁邊的一部鋁梯說：

「想借，就讓他們自己爬上去拿囉

！我是沒辦法了。」

老先生已經高壽八十五了，卻仍時常不辭辛勞搭早班火車到台中的各書店找書、買書，以充實他的藏書。我們隨意瀏覽著，高處是些較為老舊的書，散置桌面的，看來是新添購的。我驚訝地發現，印象中，似乎只出租言情、偵探、武俠小說的舖子，竟然還有《荀子句讀》、《中國哲學史綱》等的學術論著！還是新版的。是我幼年閱讀偏食？抑或他老人家改變脾胃？我問他常來租書的都是些什麼樣的人？他笑著沒說話。我自以爲是地猜測：

「應該是小朋友居多吧！」

老人家搖著頭，苦笑著說：

「小朋友少哦！爸爸、媽媽都不准他們來租書、看書！」

我記起我的童年，母親也不讓我看的。台灣的聯考把大人、小孩都嚇慘了！幸而我的母親難耐書癮，而我魔高一丈。官兵本是抓強盜的，誰知，官兵和強盜患了同樣的嗜書徵候，而我這個強盜又因爲早早學會了飛簷走壁的功夫，得以避開官兵母親的追緝，做飯的黃昏、入睡的夜晚、買菜的早晨、訪友的午後……無時無刻，不目光炯炯地窺伺母親的一舉一動，而機靈地把握時機將租來的書籍狼吞虎嚥！在電視、電腦等各式影音媒介尚未普遍的年代，租書店是我精神食糧的最大宗來源！我省吃儉用，寧可省下午餐、餓肚子，也不肯錯失任何一本可以租到手的言情小說！

我們幾人輪流在狹窄的走道間抬頭張望，蛛網在頭頂上方糾結，有些書本上還蒙著一層薄灰，黑暗角落甚至積壓了重重沒有出處的書冊，既看不到書名，當然也翻不到內文。我由此猜測租書店已門可羅雀、沒有當年的盛況！心中的悵惘油然而生。在這富裕的年代，微薄的書款早已不成問題，喜歡看書的人逕自掏腰包買書去了；不喜看書的人，自然更

不可能大費周章來租書了！那麼，孤家寡人的老人家窩居在此，所爲何來？是因爲偶爾光顧的愛書人可以排遣他的寂寞？抑或根本就愛書成癡、不能自拔？我沒有問他。

告辭之際，我請教他貴姓大名，他精神奕奕回說：

「黃幹！幹部的『幹』。」

接著，我們在小鎮的街市中繞來繞去，和母親一起尋找過去，爲外子、兒子介紹我的純眞年代！母親在鐘錶店前遇著故人之子，相互欷噓世事無常；外子和兒子相偕獵取小鎮風光去了；而我，忽然想起該記下老先生的地址，以便寄贈方才的合照。沿著先前的小巷回頭走去，在蟬聲、修車聲交雜中，我看到老先生移坐到正對著大門的椅上，依然勾著頭沈沈睡著！我立在門口，對著他，靜靜地站著，久久，覺得眼睛逐漸濕熱了起來！

——原載二〇〇〇・七・廿一《中央日報副刊》

美麗

美麗剛到家裡來打掃的時候，常常偷空照鏡子。那時候的美麗，穿著樸素，未敷脂粉，有的只是靦腆的笑容和因出汗而顯得紅紅的臉頰。但是，我們覺得她眞的很美麗！

幾年下來，美麗越來越老油條，清潔工作越做越馬虎。某一天，忽然無故失蹤，從此遍尋不著。這時，我們才粗心的發現忘了留下她老家的地址。幾個月後的一個午後，無意間，在西門町瞥見了被一位老男子挽著的美麗。當我們興奮地迎向前去時，她卻低頭快步跑開。美麗何以不告而別，因之一直成謎。而我們發現：臉上塗抹了厚厚脂粉、穿上了華麗衣服的美麗，好像變得不再那麼美麗。

——原載一九九九・十・十九《自由時報副刊》

我要活下去

暑假剛開始，忽然接到姨媽的電話。電話裡，姨媽以她慣有的風趣口吻跟我說：

「差一點就跟你們永遠說再見了！病了一場。」

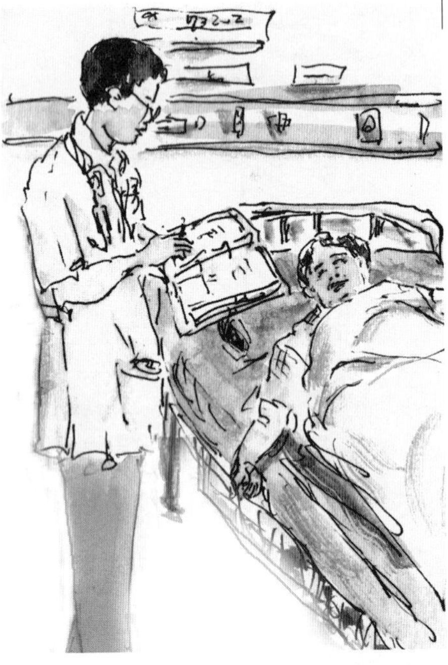

人年紀大了，對病、死特別敏感。因此，我不以爲意，當她老人家在撒嬌。聊著、聊著，才發現事態有些嚴重。原來她尿道長瘤，導致無法正常排尿，正住院觀察，準備開刀喜喜慶祝生日。年紀這麼大，經得起這樣的折騰嗎？除了立即趕往醫院探視外，我並即刻電告遠在中部的媽媽。媽媽聽了，恨不能用飛的過來。翌日，年齡加起來一百七十歲的兩姊妹在醫院的病房內執手相看淚眼，許久都說不出話來。

那天的情況眞是令人感動！較諸前一晚的探視，姨媽顯得開心多了！和媽媽侃侃談著自己的病情及多日來親人來探病的熱鬧，隱然之間，似乎有因「病」得福的慶幸！平日裡，兒子、女兒不是在國外，就是爲生活忙碌。白天，她老人家日日獨守空房，哪有這般人來人往的光景！負責照料的表弟偷偷告訴我：

「這大約是媽媽近年來最快樂的日子囉！哥哥自成大回來，天天和我輪流來陪她；姊姊也遠從加州歸來，守著她好多天；現在姨媽又專程從台中北上，病房成了團聚的所在，洋溢著笑聲。媽媽這些年來特別喜歡熱鬧！」

在母親和姨媽談話的當兒，嫻熟電腦美術作業的表弟，

打開隨身的電腦，展示他所燒錄的光碟。於是，螢光幕上陸續出現四、五十年前的城市，年輕的姨媽和母親在古老的建築前留下了一幀幀的倩影，巧笑倩兮、美目盼兮。我的鼻頭突然一陣酸楚！對照著眼前的雞皮鶴髮，那般的明眸皓齒，竟成了「歲月無情」的見證！

沒隔幾天，姨媽竟因併發症住進加護病房！母親又迢迢自台中北上。在醫院既定的探視時間，我帶著媽媽進入加護病房。幾日不見，姨媽彷彿變成了另一個人，憔悴瘦弱，讓人不忍卒睹。身上插著各項管線，看到我們，比手劃腳，差點兒掉下眼淚！因爲嘴巴插著引流管而無法言語的她，掙扎著坐起身子，顫巍巍地在紙板上脆弱地寫下：

「晚上獨自一人很害怕！」

我的心幾乎被撕裂開來！第一次感受到安慰的言語是如此無濟於事！加護病房裡，沒有甚麼表情的護理人員走過看起來更像是自言自語。燈火通明的病房，也分得清晝夜嗎？病床上的姨媽是憑藉甚麼來辨識夜晚或白天？一向愛說話又愛開玩笑的她，又是如何難耐無法言語的孤獨、寂寞？我不斷地揣想著。

臨走時，姨媽又在方才寫字的板子上，寫著：

「我要活下去！」

筆觸雖潦草，卻力透紙背地傳達出對人世的眷戀！這般頑強的求生意志，真是讓人見之肅然！然而，儘管擺明了和死神勢不兩立的態勢，姨媽能否順利脫困，卻仍在未定之天！這毋寧是生命最大的困境吧！

——原載二〇〇〇・九・七《台灣日報副刊》

贊助未來的藝術家

快要畢業的兒子，夙夜匪懈的趕工製作畢業光碟。成天揹著照相機到約定的地點，爲同學拍照；不斷地以感性的語言，上網呼籲同學繳交畢業感言。我以爲是他的課堂作業，後來才知道純粹是幾位同學的主意。他認眞地告訴我：

「製作畢業光碟，一方面是爲四年的友情做一記錄，以資留念；另方面要將四年的所學，做一『學以致用』的呈現，以一展長才。」

照片不斷地拍攝、不斷地沖洗。偶爾，會將鏡頭對準我們兩老，說：

「讓我爲你們留下青春的記錄吧！」

每每是在卸妝後的夜晚，我兩眼腫脹、一臉疲憊，看到他對準的鏡頭，我左閃右躲，唯恐鏡頭洩漏了過多衰老的秘

密。他總不肯等待我稍加修飾，老嘻笑著說：

「已經很美了啦！媽！您是以氣質取勝的。那些胭脂花粉的，能爲您增添些什麼！何況，照片本爲存眞，不是該以眞面目相示嗎？」

然而，我完全不知道什麼是氣質！也才不管它面目的眞假！一看到鏡頭下無情地暴露出的礙眼的皺紋，我就受不了。更讓人啼笑皆非地，當我裝模作樣地擺出悠閒閱讀模樣，洗出來的卻是一張張不同姿態的腳丫子！原來他中意的不是我的表情，而是腳指頭的容貌。

買底片、洗照片，花錢如

流水！兒子到底也負荷不了！開始以諂媚的態度，虛辭詭詐我：

「怎麼樣？要不要贊助一下未來的藝術家？」

「藝術家？在那裡？」我故意四下張望。

「啊！不要這樣啦！大多數重要藝術家年輕的時候，看起來也都矬矬的！多半也都和我一樣，乏人賞識！梵谷若沒有他弟弟的支持，今天便要少了一位世界級的畫家。你總不希望無心之過造成這樣大的遺憾吧！……何況，我對你們這麼好，常常拍你們，也用了不少底片！是不是？」

我哪會不知道！哪裡眞是那麼好心！他每次用拍剩的底片爲我們記錄殘存的青春，一方面不過是爲了將照片趕著洗出來處理，另方面就爲了作爲類似的談判籌碼。不過，我一向喜歡看人生光明面，絕不說破他，假裝領受他的好意。儘管如此，還是得提醒一下未來的藝術家要有成本的概念：

「既然是班上的事，爲什麼不讓同學先繳些成本費？看你忙進忙出的，就算是奉獻心力吧，也不該連金錢都耗上吧！」

兒子居然露出不可思議的表情，說：

「媽！你很奇怪欸！東西還沒有做出來，怎麼叫人先繳錢？也許人家不滿意成品，根本不想要買哪！」

這種說法讓我更驚訝了！原來他們製作的光碟是要賣的！那麼，他們計算過成本嗎？打算一張光碟賣多少錢？

「計算成本有什麼用！主要是內容能否讓顧客滿意？能不能吸引同學的眼光！若是先能讓同學喜歡，要收支平衡就不難了！」

兒子好像對我提出的疑問感到無稽！他認眞地指導我，好像我才是他的兒子。我可不服氣！我再度提醒他：

「你們總得先計算一下成本，訂出定價來，可別賠了夫

人又折兵！」

「這是供需的問題呀！先讓顧客看貨色，滿意的人先登記，視登記人數再決定價錢。做生意，有輸有贏！願賭服輸！當然也有可能虧錢。不過，你放心好了！未來的藝術家欸！品質保證啦！怎麼樣？贊助一下未來的藝術家吧！」

藝術家？我左看右看，都覺得眼前的人比較更像一位精明的生意人！對付這麼一位精明的生意人，我可不敢掉以輕心，我開始和他談判：

「我看贊助就算了！投資好了！到時候如果賺錢，你分得多少錢，我們五五拆賬；如果虧了，願賭服輸，怎麼樣？……」

兒子露出不以爲然的表情，譏嘲我：

「媽！我怎麼看，都覺得您一點不像中文系的教授！倒比較像股市裡那些習慣短線操作的投機賭徒哪！」

——原載二〇〇〇・七・十九《台灣日報副刊》

給我一個說法

從陽台往下望，一群小朋友正興奮地你追我躲，不亦樂乎！天真的模樣，叫人由衷地愛憐。忽然，其中一個約莫八歲左右的男孩，從地上拾起一個小石頭，奮力地往停靠一邊的車子刮了下去！「哇！」一聲，我忍不住叫出聲音。再定睛一看，乖乖！不就是我剛買的新車麼？這一驚眞是非同小可！我連跑帶跳地，直奔下樓。孩子見到大人出來，一溜煙跑了！我氣極了！尋到肇事小孩的住處，準備好好跟他家裡人理論一番！至少得給我一個「說法」——或是賠償，或是道歉。

門開了，出來了一位高大剽悍的女人，眼光凌厲！我心裡一凜，隨即給自己壯膽地說明來意。聽說原委後，女人顯然比我更氣憤，把小孩扭送到我面前，「啪！」一巴掌就過

去，義憤塡膺地夥同著我開罵：

「看來這個小孩是不想活了！別說是你的車子啦！前兩天，我們自己的車子也照刮！皮癢哦！找死哦！看我今天不扒了他的皮，誓不爲人！」

小男孩撫著被揍紅的臉頰，震天價響地嚎哭！女人又是一掌揮過去！我嚇了一跳，當下拉過孩子，護著他說：

「別這樣！說說他就好，不要打他！也不是什麼大錯！」

「不是什麼大錯？嗳！這位太太，你說的是什麼話！這樣還不算大錯？難道要等到殺人放火才算大錯？眞是豈有此理！」

豈有此理？我？我不禁有些動氣！轉頭看見躲在身後的男孩，臉上兀自掛著兩行眼淚，眞是我見猶憐！我不自覺心軟下來。回身朝女人辯說：

「那個小孩不頑皮！犯點兒錯總是會的！這樣揍他也不是辦法！要教他，不要打他！小孩被揍多了，會麻木的！」

「麻木！哼！我倒要看他怎樣麻木！小小年紀不學好！他老子不長進，當小偷，關進大牢。他這樣不學好，也想跟著進去嗎？你說！你說！」

「你說！」「你說！」一聲比一聲要高亢！一時之間，我竟慌得無言以對。轉念一想，怎麼我彷彿變成被告了？我不是來要一個「說法」的嗎？怎麼倒變成她來質詢我？她憑什麼！我悻悻然朝她說：

「你這樣是沒有用的啦！眞的！體罰不能解決什麼問題的啦！根據專家的說法，體罰只會造成邊緣性人格，將來他長大了，會變成一種所謂的『暴力型』人格，到時候……」

「放屁！什麼專家！攏嘛是一群騙吃騙喝的傢伙，一天到晚亂講話！嚇唬誰啊！我是被嚇大的嗎？哼！什麼邊緣！什麼暴力！我倒要看看有多暴力！」

她顯然對我給她的那一套說法感到極度不滿，越說越激動，聲音又高又大，開始引來鄰居好奇地探頭探腦。我不想引起騷動，卻不知如何脫身。只好索性將躲在身後的孩子拉到她跟前，負氣地朝她說：

「好啦！孩子是你的，你要打、要罵，隨便你囉！請繼續打吧！」

說完，我俐落地轉身，作勢離開。離開前，撂下一句話：

「到時候，如果有人到社會局告發你虐待兒童，那可不干我的事哦！」

我沒有回頭，不知她的反應如何。不過，值得安慰的是

，至少沒再傳出孩子的哭聲。當然，倒楣的是，從頭到尾，我也都沒有要到任何我想要的「說法」！

——原載二〇〇〇・八・廿八《台灣日報副刊》

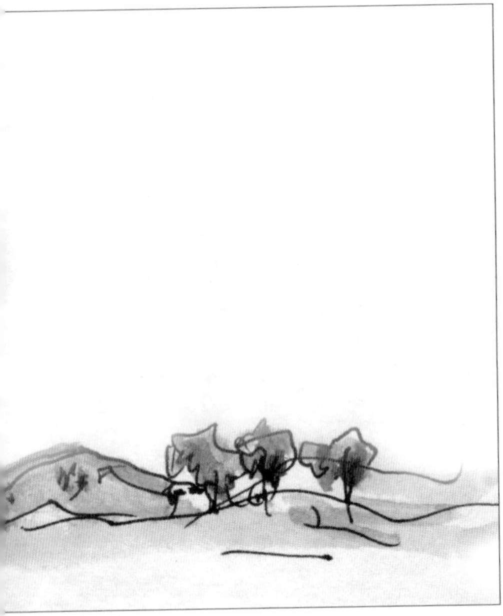

鹹魚翻身

兒子大學畢業，開始進入社會，儼然一副長大成人的架式！

長大成人的第一個架勢始自一切當家作主之不足，還進一步妄想宰制父母。

一向佩服我的審美觀點的他，居然開始嫌棄我買衣服的品味，經常權威地指導他爸爸和我，說：

「你們穿的衣服都太遜了！完全沒照應到你們的身分和

身材。以後，想添加行頭，找我就沒錯了！保證幫你們打扮得煥然一新！」

我嗤之以鼻，立即用吹牛的方式加以反擊：

「哼！煥然一新？又不是裝修房子！雖然不是什麼國色天香，但誰不佩服我的打扮得體！文藝圈內，像我這般會打扮的也沒幾個啦！何況，前幾年你不是還誇我幫你買的衣服，每件都深得你心嗎？這會兒說這種話！也不怕閃到舌頭！」

兒子義正辭嚴地反駁道：

「我那時年紀小、見識不廣，說的話哪做得了準！你總不希望我也像外人一般胡亂誇你，害你不長進吧！」

這說的什麼話！我憤恨不平，幾天睡不好覺！

接著，三天兩頭地，我的電子信箱裡便收到一堆兒子傳來的文件，叮嚀著「必須細看」或者「可供參考」，我總敬謹領受他的好意，遵囑細加閱讀。有一天，他還體貼地問我：

「我寄給你的E-mail有用嗎？喜歡嗎？不喜歡的話，要馬上反映給我知道！我才知道你的需要，也才不會寄一大堆沒用的垃圾給你。」

爲了表示感謝之意，我用力地點頭，表示用處可大了！他則像家長或老師一樣，滿意地點頭，並接著說：

「如果你看到我需要的東西，也可以傳給我！這樣才能促進交流。」

「交流？像兩岸關係一樣嗎？」

我心裡這樣想，沒有說出口，怕他以爲我不正經。爲了表現誠意，我故意鄭重地回答：

「我又不知道你喜歡什麼東西！」

「這就是您的不是了！表示您對兒子不夠關心！像我，就知道您需要什麼！」他將了我一軍。

「你知道我需要什麼，是因爲我經常跟你溝通！把我的想法鉅細靡遺地告訴你！我不知道你需要什麼，是因爲你守口如瓶，回家以後，眼睛直盯著電腦螢幕，都沒瞧我一眼！」

我反將他一軍。他沒有答腔，我不確知他是否認同我的說法！

不時地，他還從誠品搬回大落的新書。像學期開始發新書給學生般，分別遞給我和他爸爸，並交代：

「這些是專爲你們買的！這本羅蘭・巴特的《神話學》，媽媽你得看看！爸爸你注意一下這本郭立昕的《書寫攝影》，對你或者有些幫助！還有這本在年輕人之間非常受歡迎的……，啊！你們一定要努力趕上這個時代啦！」

每隔一段時日，他便老里老氣地「垂詢」我們：

「我給你們的書看完了嗎？喜歡嗎？讀完有什麼心得呢？說說看吧！」

我們像小學生一樣，畢恭畢敬地向他報告讀書心得。他

時而點頭，時而提出不同的看法，偶爾我們會有小小的爭執！最後，兒子總會驕傲地下結論道：

「每回跟我說話，你們應該都會有一些收穫吧！這種感覺不錯吧！」

——原載二〇〇〇・九・十七《台灣日報副刊》

揣想三十年後的教育

早晨的學校，冷清清的，只有小狗趴在陽光下發呆、蝴蝶在花間繾綣。沒有人早起，老師、學生都在豔陽高照時才姍姍起身。最熱門的話題不是排隊買凱蒂貓，而是哪一種材質的窗簾最能阻擋陽光的入侵！人人都是夜貓族，早起的人被老師罰睡在電腦桌旁，接受同學的唾棄。

聯考制度早被取消，全台灣島上，無論山巔、海隅，都蓋滿了各式各樣的學校。大學校長和教授爲了自身的薪水，滿街招攬學生。連綠島接受管訓的重刑犯，每個人都被兜攬，至少同時修習兩個以上的學士學位。先前提倡的終身學習理念，徹底地被落實。在街頭，隨便攔下一個路人，問：

「你是學生嗎？」

「是的！我正在上社會大學，教授正教我們聆賞柴可夫斯基的音樂。」

「我在長青學院就讀，今天要學做低糖蛋糕。」

「是的！我讀自然小學，我正趕著去看蜜蜂採蜜哪！」

「我攻讀空中大學的愛情博士學位，我喜歡談情說愛。」

中午時分，人們陸續醒轉。吃過午餐，喝過醒腦的咖啡，懶洋洋地打開電腦，進入遠距教學課程。每一個家庭都至少購置了五台以上的電腦。老師和學生隔著山、隔著海，彼此在電腦裡輕鬆應答。教心理學的教授在視窗裡朝一位同學

說：

「張社情同學！請注意！不要一邊上課，一邊和女友調情。」

學生滿不在乎地回答：

「我正在做實驗呀！光說不練，怎知其中奧妙！我們不正研究人類心理學嗎？教授可否解說一下賀爾蒙分泌和人類行為的關連？佛洛依德那個老傢伙聽說曾做過一番研究！」

家裡的另一個房間內，媽媽一邊熟練地操作著電腦，一邊和教中國哲學的教授辯論著：

「教授家裡有孩子嗎？我認為你這麼相信孟子性善論，是因為沒教養過子女。養了子女，你絕對對荀子的性惡論深信不疑。小孩子完全是軟土深挖，邪惡得很哪！」

彩色螢光幕上，中年的教授紅著臉窘迫地說：

「哇！不好意思，被你猜對了！我是頂客族。」

正置身紐約的一位年輕學子邊嚼著檳榔，邊慢條斯理地插嘴：

「頂客族？那不是古人才這樣的嗎？遜斃了！我家兄弟姊妹共二十人，我媽是新自然主義的奉行者，節育是違反自然法則的。請問教授，孔老夫子對這件事有沒有發表過看法？聽你說他好像什麼事都要參一腳！」

房裡邊間的屋內，突然傳出一聲巨響。媽媽和哥哥急忙衝出，小妹妹一臉得色的說：

「化學老師還不相信我的能耐！你看！小飛彈的威力嚇人吧？牆上都穿出了個大洞哪！下次，我打算複製隔壁英俊瀟灑的張哥哥和學校溫柔的代課老師當男朋友！」

關於三十年後的教育狀況，我作了如上的揣想。

——原載二000・八・八《台灣日報副刊》

救災

九二一集集大地震，將台灣震得滿目瘡痍。電視機裡，屋塌人亡的畫面，讓人不忍卒睹。政府、民間同聲呼籲：有錢出錢、有力出力，請發揮同胞愛，幫忙受災戶度過難關、重整家園！

坐在電視機前的兒子，看得熱血沸騰，振臂奮起，以電話和同學相約：響應青輔會號召，南下中部，投入救災工作。他急急整理背包，全副武裝，像是要投身戰場，氣氛悲壯勇敢。作父母的我們，欣慰爲國家培育出健康有爲的青年，深自引以爲傲，也熱情地幫忙照看、打理，翻出手電筒、找出水壺，提醒莫忘攜帶眼鏡藥水，並負責聯絡中部親友提供代步的摩托車，以利救災工作的進行。

終於，兒子和我們揮手告別，壯志凌雲地與那群有志一

同的同學，驅車南下。我面帶驕傲，微笑地信步走入他的房間，不禁大吃一驚！這哪裡是房間！簡直是另一個小型的災難現場！棉被蜷曲在床角；衣服、襪子攤了一床；椅背被各式長短褲攻佔；電腦睜著灼灼的雙眼；桌上選課單、課程表、旅遊的照片四散；書桌早已失去它的原始面貌，被書籍、底片和攝影器材埋沒。

我邊按捺住滿腔怒火，邊收拾殘局，並阿Q地寬慰自己：男兒志在四方，我的兒子去中部救災。我雖沒能趕赴前線參與，但是，在後方折疊衣物、清理災難似的屋子，或者也堪稱另一種救災吧！而兒子那群熱情澎湃的同學，他們的母親是不是也正和我一樣，強忍上升的怒火，在另類災區裡憤恨不平地救災呢？

——原載一九九九・十・十三《自由時報副刊》

體貼

由北部返回老家的她，思及年邁的公公嗜吃甜點，特意在下了高速公路後，繞道市區，在知名的西點蛋糕店，買了一盒公公一向最愛的波斯頓派。原本奄奄一息的公公見到了點心，始則露出興奮的笑顏，繼則勉強壓抑住歡喜，以虛弱口吻撒嬌地對她說：

「最近胃口眞歹！啥米攏吃未落！……你放著吧！我無胃口，人一生病，啥米也無想吃呀！」

於是，波斯頓派被擺進冰箱裡。夫妻二人按照往例，陪伴已打扮完畢的婆婆出門拜拜。

走到半路，忽然想起燒開水的爐火好像忘了關上。於是，她奉命回去檢查。一路直衝進廚房的她，赫然發現原本病懨懨躺臥床上的公公，竟然神情愉悅地站在開著的冰箱前，

正作勢要打開波斯頓派的盒子！看到無意中闖入的媳婦，公公竟然大吃一驚般地滿臉通紅，還差點兒緊張地打翻了波斯頓派。她也似是偷窺了他人秘密般的尷尬。就在這千鈞一髮之際，靈機一動地，她露出天眞的笑容，朝公公誠懇地邀請道：

「我肚子好餓哦！好想現在就吃一塊波斯頓派哦！爸爸可不可以拿出來，陪我吃一塊？就一塊！」

手足無措的公公像是得到救贖般地接口道：

「既然你那麼想吃，那我就陪你吃一塊吧！本來是吃未落，這陣，好像也有一點餓了哪！」

二人都如釋重負。公公取出點心，她飛快端出小碟子。在充滿陽光的客廳裡，公公一副捨命陪君子的樣子，她則刻意裝出饞嘴的表情，大口大口地吃著波斯頓派。

——原載一九九九．十一．十六《自由時報副刊》

幸運

沒想到，千里迢迢從台灣飛到休斯頓，居然還趕上了好朋友兒子的演奏會。雖然只是高中聯合交響樂團中的一員，作父母的心情可無異於獨奏的慎重！

從音樂廳裡出來，耳朵裡猶然流洩著優美的樂音。我們坐在聖・安東尼音樂廳旁的河畔等候演奏者前來會合。好友的婆婆雖已年逾八十，卻仍耳聰目明。更讓人欽羨的是，婆婆非但完全沒有長者的架式，且一派慈和。她親切地和我們並肩坐在階梯上，隨意的聊著。我問起好友當年在眾多追求者中，何以慧眼獨鍾，好友笑說：

「我是先看上了溫柔的婆婆，才決定嫁給她的兒子的。」

好友的先生緊接著促狹地補充：

「我是結了婚後，才曉得原來太太是會生氣的！因為從

沒見過媽媽生氣。」

婆婆只是一逕的淺笑，沒說話，彷彿置身在毫無煙火的寧靜世界。不知怎的，話題談到了現在的年輕人。我說：

「現在的年輕人很幸運哦！要學什麼就能學什麼，哪像我們，以前好想學點兒什麼樂器，根本不可能。」

婆婆笑容滿面、語氣舒徐地接口道：

「我覺得我們那時代的女人，比你們這個時代的人幸運多了！我們只要在家裡把三餐準備好了，就

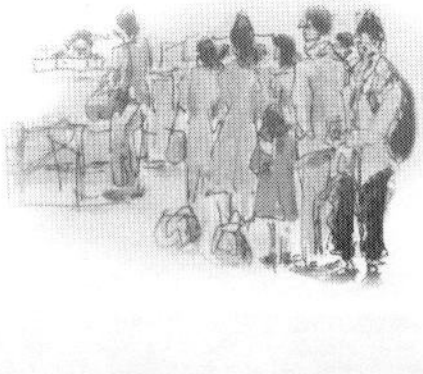

都沒事了；不像你們好辛苦的，又要上班、又要管家裡，還要學電腦什麼的！說到下一代，那就更可憐了，要學的東西可眞多！好難哦！還是我們比較幸運……」

在吵雜的市井中，陡然聽到如此另類的聲音，我不禁正襟危坐起來！我們慣常看到別人的運氣，常跟晚輩索討人情，說：

「我們那有你們運氣那麼好！哪像你們，要什麼有什麼！你們還不知足……」

看了她們婆媳的相處，再聽婆婆的這番話，我恍然大悟：眞正的溫柔原來是植基於設身處地的思考及正向詮釋多角度人生的能力！而擁有這樣的人生觀的人也果然是比一般人都幸運的吧！

——原載一九九九・十二・十六《自由時報副刊》

吐嘈

為了找一份舊日的資料，我翻箱倒篋，居然翻到了年少時的作文簿，便就近坐到書桌前細細看將起來。「孔子對中國文化的貢獻」、「偉大的國父」、「論君子坦蕩蕩、小人常戚戚」、「論交友之道」、「失地未收，吾人之恥論」……一派老氣橫秋、陳腔濫調；「日記一則」、「雨天」、「歲末感懷」……傷春悲秋、纏綿濫情，可謂莫此為甚。一邊看，一邊為昔日的幼稚吃吃發笑。兒子進來了！隨手拿起一本，看完放下，再取一本看。看完三本後，突然精神振奮地朝我說：

「媽！我一向覺得自己作文很差，成不了氣候。如今看了你年輕時候的作文，覺得信心大增。或許，我也還有成為作家的可能哦！」

說完，意興風發地走出書房。

從客廳電視機前起身的女兒，五分鐘後，也走進書房。也同樣地翻著、翻著，不停地發笑！我請她評論一番，一向宅心仁厚的女兒，再三推辭，最後拗不過，只客氣地說：

「由你成爲作家的事實看來，可見作文是可以訓練的！」

外子進來了！一樣跟著翻閱。一樣吃吃發笑，我問他笑什麼？他說：

「看起來，我也還有機會哦！」

——原載二〇〇〇・一・廿一《自由時報副刊》

嬉戲的孩子

午後的植物園，安安靜靜。綠樹和紅花爭豔，蝴蝶和蜻蜓並飛。我們沿著人行道信步而行，細細體味閒適的滋味。荷花池裡空盪盪的，缺了夏荷的生猛氣焰，雖然四周依舊翠綠，秋天的蕭索還

是從池中、空氣中悄悄透露出來。拄杖而行的老人、坐在鐵椅上發呆的老婦、沿路搜尋瓶瓶罐罐的拾荒者及相互攙扶著散步的老夫妻……，我朝寫生中的外子說：

「啊！植物園原來是中、老年人聚集的地方。我們得常來走動、走動，先行適應一番呀！」

專心的外子沒答腔，兀自將眼光游移在畫布和景物間。沒了反應的伴侶？我開始悲觀地想像多年後和他一起散步的光景——一位沈默倔強的老男子將他嘮嘮叨叨逼問的太太遠遠甩在身後！這樣一想，不禁有些傷感起來。

轉了個彎，是條較狹窄的小徑。忽然！迎面過來一群約莫五、六歲的小童，由一位年輕的、有著紅撲撲面頰的女老師帶領著。嘰嘰喳喳的，十幾個精壯的男女童，營養良好的體態見證了台灣的豐足。

「好了！就在這裡玩一下，絕對不能跑遠，知道嗎？」

話聲未了，孩子們已然直覺且整齊劃一地回答「知道！」長長的拖腔，顯示了某種程度的敷衍！而「知道」二字還沒完全結束，孩子們已經開始四散開來！一位帶著皮球的男童，瞬間將手中的皮球丟向另一名男童的頭上！被球擊中的男孩在短暫的茫然過後，拉開嗓門哇哇痛哭起來。年輕的老師一邊大聲斥責，一邊急忙摟過哭泣的孩子，輕聲細語的安撫。闖禍的男孩吐了吐舌頭，露出促狹的笑容辯解：

「人家是不小心的！又不是故意的！」

理直氣壯的模樣，彷彿只要不是故意的，一切就可以得到諒解。球滾回主人面前，男孩依舊興高采烈地展開踢球的架式。這時，一旁的兩個女孩看不過去了！出來主持公道：

「老師！張家豪是故意的！我們看到了！」

然後，一場「故意」或「不小心」的論戰於焉展開。一個個紅撲撲的小臉蛋，因為爭執而顯出認眞、執著的表情。有的結巴、有的口齒清晰、有的善於舌辯、有的觀「吵」不語，儼然一個社會的縮影！老師忙著傾聽、調停，此起彼落，眼花撩亂，於是下結論道：

「不管是不是故意的，打到人都不應該！對不對？張家豪！過來跟蔡明獻說對不起！好不好？」

頑皮的男孩在老師的指示下，脫下帽子，敷衍地說了聲「對不起啦！」委屈的男孩抹了淚痕，也隨即加入踢球的行列。

前嫌盡釋！沒一會兒功夫，十幾個孩子便同心一意地追逐著那個惹禍的皮球，笑聲和尖叫聲將植物園的靜寂驅趕得無影無蹤。一旁的我，看得出了神。

——原載二〇〇一．二．九《中央日報副刊》

依依不捨

寒假即將結束，女兒必須束裝返美。經過了將近三個星期的繾綣，母女倆無話不談，女兒幾乎不想再出門了。赴美的前一晚，談著、談著，竟然忍不住痛哭失聲起來。外子和我忙著安撫，好不容易才讓情緒失控的女兒入睡。等她睡了之後，我卻失眠了！想到自幼嬌弱的女兒，無法在家共享天倫之樂，卻要萬里投荒、到

國外去單打獨鬥，不禁心酸難已，恨不能就留她下來！可沒想到次日清晨，女兒卻又神清氣爽地將行李扛上肩頭，一副義無反顧的模樣，讓我們夫妻二人錯愕不已！

國際機場中，送行的人顯然多過遠行的人。儘管依依不捨，在擁抱過後，女兒還是嘻笑著通關去了。當她終於消失在視線範圍之外，我們正悵悵然轉身之際，忽然看到一位中年婦女正泣不成聲地掩面痛哭！約莫也和我女兒一樣要負笈他鄉的二十餘歲女子，一邊朝婦人的臉上擦淚，一邊笑著說：

「媽！你別這樣啦！人家都在看你了啦！又不是從此不回來了！暑假我就……」

回到家，走進女兒的房裡。只見女兒匆忙中留下的一件上衣，歪躺在整理過後的床上。我靜靜坐在床頭，不禁和那位哭泣的母親一樣，悲傷地流下不捨的眼淚。

——原載二〇〇一・三《幼獅文藝》

廖玉蕙作品集 LH ⑫

曾經的美麗

著　　者：廖　玉　蕙
繪 圖 者：蔡　全　茂
發 行 人：蔡　文　甫
發 行 所：九歌出版社有限公司
臺北市八德路3段12巷57弄40號
電話／02-25776564・傳眞／02-25789205
郵政劃撥／0112295-1
九歌文學網：www.chiuko.com.tw
登 記 證：行政院新聞局局版臺業字第1738號
印 刷 所：晨捷印製股份有限公司
法律顧問：龍躍天律師・蕭雄淋律師・董安丹律師
初　　版：2007（民國96）年7月10日

定　價：220元

ISBN：978-957-444-420-5　　Printed in Taiwan
（缺頁、破損或裝訂錯誤，請寄回本公司更換）
本書於2001（民國90）年由天培文化出版，
現改列爲九歌版廖玉蕙作品集。

國家圖書館出版品預行編目資料

曾經的美麗／廖玉蕙文；蔡全茂圖. — 初版.
—臺北市：九歌， 民96
面；　公分. —(廖玉蕙作品集；LH02)

ISBN 978-957-444-420-5（平裝）

855　　96010533